엄마가
대학에 입학했다

엄마가 대학에 입학했다

작가1 글·그림

위즈덤하우스

우리 엄마는 평생을
간호조무사로 일하셨는데,

간호사가 되는 것이
꿈이라고 하셨다.

그러던 어느 날, 동료 조무사의
한탄을 듣던 엄마에게

그 한 단어가
크게 와닿았던 것 같다.

간호사는 늘 인력이 부족해서
나이가 많든 적든
상관없이 다 귀하거든.
요양병원에서
70세까지
일하시는 분도 봤어.
오 진짜?
그럼 간호대
한번 알아봐.
그럴까??
그렇게 만학도 입학 전형을
알아보기 시작했는데…
타닥타닥
어휴…
이어서…

들어가며

대한민국에서 사는 우리는 끊임없는 나이 강박에 시달리곤 한다. 10대에는 특기와 진로를 찾아야 하고, 20대에는 대학 진학과 취업, 연애를 해야 하고, 30대에는 결혼을 하고 경제력과 집을 갖춰야 한다. 그리고 그쯤에는 아이를 가져야 하고, 40~50대에는 가정주부로서, 혹은 어느 정도 위치에 올라간 직장인으로서 가정을 보살피고 부양해야 한다. 삶을 마감할 때까지 말이다.

이 책은 숨이 콱 막히는 이런 굴레 속에서 돌연변이처럼 튀어나온 어느 50대 여성의 이야기다. "내 나이가 어때서?"라는 말을 발랄하게 읊조리며 당당하게 만학도 전형으로 대학에 들어가 딸보다 더 어린 학생들을 친구 삼고, 떳떳하게 동년배인 교수님의 아래서 배움을 청한다.

"자식은 어쩌자고 엄마가 여기에 와 있어요?" "남편이 허락해줬어요?" 이런 자신의 사정을 말한 엄마가 가장 많이 들었던 말이다. 그들은 50대의 중년 여성을 어딘가에 매여 있는 소유물로 생각하곤 했다. 그러나 그는 굴하지 않았다. "나는 나일 뿐, 누군가의 허락으로 여기에 와 있는 게 아니에요." 그린 듯한 정답을 말하며 보란 듯이 대학, 간호학과로 발걸음을 옮겼다.

50대에 새내기가 된 엄마는 튀어나온 돌처럼 튀는 존재가 되었지만 결코 멈추지 않을 것이다. 그런 그가 꾸리는 유쾌하고 천진난만한 대학 일상을 여러분들에게 공유한다. 분명, 당신의 마음에 쏙 들 것이다.

이 책이 나올 수 있게 도와주신 많은 독자님들, 엄마, 가족들, 지인들, 그리고 위즈덤하우스의 편집자님, 관계자님들, 디자이너님에게 큰 감사를 드린다.

2024년 9월
작가1

차례

내가 대학이라니

대학교란?
학부모 자격으로 출입해야 하는 곳.

내가 결국 가지 못한 곳.
항상 그렇게 여겼다.

사실 스무살,
대학에 갈 기회가 있었지만
엄마!
나 추천장을 받았어!
가고 싶던 간호 대학에
갈 수 있을 거 같아!
후다닥!
어휴…
꼭 가야 하니?
너희 오빠도 언니도
다 출가해서
너마저
떠나면…
못 갔음.
엄마 미워!
나도 공부하고 싶은데!
버럭!

10년 뒤
나도 공부하고 싶었는데!
넌 꼭
보내줄게.

20년 뒤
나도 대학에
가고 싶었는데!

30년 뒤
나도 간호사가 되고 싶었…!
극단적
가! 가! 가가가!
응원합니다. 어머니!
2n학번 파이팅!
정말 가도 돼…?
어어어 어어어어
안 그래도 동료 조무사가 그 얘기를 꺼내는데,
넘 솔깃하더라고~
크으으 운명이네.
전생에서 이루지 못한 꿈이네….

만학도 전형이라고
있거든?
고등학생 성적으로
갈 수 있는 거 있어.
잘 찾아봐.
탁탁
수, 수능 봐야
하는 거 아냐?
안 봐도 돼.
오….
내가 대학이라니?
솔직히 신났다!
내가 대학에 가면
놀러도 가고~
공부도
열심히 하고~
교내도 거닐고~
친구도 사귀고~

그러다 문득
겁이 났다.
아, 아냐.
이 나이에?
사람들이 이상한
눈으로 보지 않을까?
그리고 내가 가면 애들이
내심 싫어할 수도 있어.
걱정
근심
꺄르르륵
누가 싫어할까 봐
주저하다니,
나는 예전과
달라진 게 없구나.
어휴.

자~ 제가 여러분을 부른 이유는,
외로워서다.
엄마없는 가족회의 1차
아니야.
엄마 대학 가는 거
혹~시 설~마
반대하는 분이 있는지
정중하게
여쭙기 위해서입니다.
철컥
정중한 거 맞습니까?
저요!
철컥
오호~
에잉 쯧,
아빠네.
들어는 봅시다.
왜죠?
나이가 있으니
등록금 대비 성과가
적게 나올 것 같습니다.

그래요…
자~
아버지 이력 소개를
좀 봅시다.
너 조폭이야?
팔랑
대졸이시네요?
네!
결혼 후 아내의 내조를 받아
대학을 졸업하셨고요?
네…
ㅎ참…

심지어 이게
끝이 아닌데,
더 말을 해볼까요?
…

미, 미안하다.
성과라…
엄마도 성과를 좀 따졌으면 일까지 그만두고
내조를 하진 않았을 텐데. 허허
농담~ ㅎㅎ
;;…
그, 그래도 난 그때 장학금!
많이 받았어!
호오…
혹시 그 당시 나이가?
30대 초반…?

지금 엄마 연세는?
50대…
…
…

그러니까 본인이 30대에 장학금을 받았으니,
50대인 엄마도 장학금을 받아오라는…
혹시 뭐 이런…
세상에…
세상에…
아니, 아아니!

예… 아버지께서도
지금 당장 대학 들어가라고 하면
장학금 딸 자신 없으면서
엄마한테는 따오라는
내로남불식 찬란하고 아름다운
부부의 우애…
참
담
아주 잘 보았습니다.
잘 보았습니다…
잘 보았습니다…
아니 그 뜻이
아니었는데;;!!
제가 그냥
잘못했습니다!
그럼 다른
의견 있으신가요?
전 없습니다!
아주 좋습니다.
재는 회의
왜 연 거야?
쉿!

그렇게 회의 결과를 전달하고…
모두가
응원하고 있습니다.
!!
!!!
정말…
정말…
나 대학 가?
물론 누가 반대를 하더라도
갔을 테지만…
항상 간호사님을
볼 때마다
과거의 아쉬움이
따라왔는데
이제 그 서러움에서
탈출할 수 있어!
끝!

내가 바로
요즘 대학생이야~
=3
나 합격했어!!!
와—
아—

엄마는 기뻐했지만
이힝힝
넘 행복해~
동시에 현실적인 걱정을
하기 시작했다.
만학도가
나 혼자면?
평생 혼밥하면
어떡하지.
나 혼자
다녀야 하나.
요즘도 막 기합…
주니?
…? 어디서
뭘 보고 온 거야.
요즘 애들
안 무서워?
ㄱㅊㄱㅊ
다 유교걸들임.

내가 수업 진도를
따라갈 수 있을까?
아니, 그전에
같이 공부할
친구는 생길까?
고민하던 엄마는

새 학기 OT를 다녀오고는
함박웃음을 지었다.
엄마 왔다~
우후후후~
???

뭐야 뭐야.
뭐가 잘 풀렸어?
친구 사귀었어?
고럼~~
아니 세상에, 내 또래가 10명이 넘어!
와우!
만학도들 엄청 많아!
내가 나이가 많은 편도 아냐!
심지어 다들 비슷한 생각을 하셨다고 한다.
나 혼자면 어떡하지.
나 혼자면 어떡하지.
와글와글
나 혼자면 어떡하지.
와글와글
나 혼자면 어떡하지.
나 혼자면 어떡하지.

엄마는 빠르게 학교에 적응했고 어느 순간,
뭐 해?
?
응,
모임 장소 잡고~
비용 걷고~
주소 공유해.
그걸 왜
엄마가 해?
왜냐고?
내가 모임장이거든.
이번주에 잡은
약속만 4개야.
???
아, 교수님하고도
약속 잡아야 하는데.
(내향성 집돌이)
숨겨왔던 외향형 인싸의 조짐을
보이기 시작했다.

모임장?
주에 약속이
4번?
안 힘들어?
넘 즐거워~
심상치 않았다.

모임으로 친해진 친구들은
서로에게 정보를 알려주거나
파워포인트랑 ppt랑
같은 거야.
정보가
에타에 다 있대.
저장은
이거 누르면 돼.
오오~
수업 진도를 공유하고
학식을 같이 먹곤 했는데

첫날 모임장을 뽑는 자리에서
언니가 해요.
잘할 것 같아.
세상에
정말?
그래그래,
네가 해.
네~~ ^^
엄마가 만장일치로 모임장에 뽑힌 거였다.

그게 다가 아니었다.
정신을 차려보니
엄마는 선배에게
족보를 얻어내는 데
도가 터 있었고,
밥 잘 먹었어요~
족보는 파일로
보내줄게요!
능숙
감사합니다.
선배님~

교수와 친해져서
과제량을 덜하는 경지에 이르렀으며

교수님, 저희 이번주 시험기간인데

ㅎㅎ과제가 너무 많나요?

솔직히 네^^

그럼 분량을 줄여드릴게요.

감사합니다~ ^^*

간호학과 단톡방

언니 최고예요.

감사합니다감사합니다

와…!

대학 안 갔으면
큰일 날 뻔….

그리고 솔직히 행복해 보였다.
내가 바로
요즘 대학생이야~
2n학번!
자부심
MAX
~자식들~
1n학번
1n학번
1n학번
끝!

엄마가 대학에 가면

생각보다 더 다양한 말을 들을 수 있다.

우와 대단해요!
는 감사한 말.
와… 안 힘들어요?
는 걱정해주는 말.

나이 먹은 아줌마가
대학은 무슨 대학?
집에서 집안일이나 하시!
진심으로
걱정돼서 하는 말인데,
남편이나 자식이
뭐라고 안 해요?

엄마의 의무를 안 하고
딴 일을 하잖아.
엄마가 운이 좋네?

이건…
저기요;

제가 자식인데요.
그런 거 왜 물어보세요?
엄마 대학 가는 거
안 싫어하는데요?
그쪽 집안은 싫어하는지 몰라도
저희는 아니거든요.
그런데 이게 왜
운이 좋은 거예요?
네?

하하, 아뇨.
안 싫어한다면 됐죠.
왜 그런 걸
물어보지…
어이없어.
소곤

침울
!

저런 말 듣지 마.
저건 걱정해주는 게 아냐.

왜 너만 '엄마 역할'에서
쏙 빠져나갔냐는
걱정을 가장한
힐난이지.

가부장적이고 보수적인
남들의 이야기는 무시해.
아닌 척 눈치를 주는
말도 무시하고.
엄마는 뭐든지 할 수 있는
당당한 사람이야.

그간 엄마의 삶이
순탄치만은 않았잖아.
그러니 앞으로의 길이
조금 험난해도
언제든지 다시 중심을
잡을 수 있을 거야.

옆에서 지켜봐줄게.
나는 엄마가 '엄마의 의무'보다는
학생의 의무를 다하면 좋겠으니까.

싱긋!
그래!
끝!

계집애가
무슨 대학!

엄마는 어렸을 때
지원받지 못했는데
그 사실을 아직도
종종 분해 하신다.

내가 젊고 어렸을 때,
난 꿈 많은 여자애였어.

하지만 집이 가난해서
지원은 꿈도 꿀 수 없었지.
엄마, 나 간호대
보내줄 수 있어?
(수십 년 전)
돈도 없는데
계집애가 무슨 대학!
엄마…
벌컥!
너도 공장 나가서
살림에 도움을 주거나
빨리 시집이나 가.
…
엄마는 할머니를 평생 원망했다.
미워.
미워!

그러나 50대에 대학에 가고,
그 소식을 가족들에게 알리자
할머니는 주섬주섬 무언가를 꺼내셨다.
받아.
이게 뭐야?
내가 모아두었던…
네 대학 등록금…
!!!

그때 혼을 낸 게
미안해서,
언젠가 보내줘야지
보내줘야지, 생각만 하고
돈을 모았는데
결국 이렇게
전해줄 수 있게 됐구나.
...
많은 돈은 아니지만
좋은 옷 사서 입고
예쁜 신
사서 신고
귀한 패물로
곱게 단장해서
학교 가…

엄마는 비로소 할머니를 용서했다.

내가 본 가장 잔잔한 화해였다.

끝!

갑자기 꺼진 창

그렇게 당당하게 합격하여
둠칫
둠칫
대학에 입학했는데…
…

1학년이 되자마자 (코로나19로 인한)
비대면 수업!
…!
출석 부릅니다~
휴대폰으로 줌을 동시 접속해 손과 모니터가 다 나오도록 각도를 설정해두고, 컴퓨터로는 단톡방 링크의 구글드라이브에 접속해 밴드에 올려둔 패스워드를 입력한 뒤, 링크를 클릭해 시험을 시작하세요. 만약 안 들어가지면 크롬으로 다시 들어가 보시고요.
다 알아들으셨죠?
3분 뒤에 시험 시작합니다~

1차 패닉이 몰아치는
첫 번째 시험.
뭐 어떻게 하라고?
물어볼까?
그것도 못하는 사람이
대학에 왜 왔냐고 하면
어떡하지…
파스스…
기억해내!!!!
어떻게 하더라?!
그래도 여차여차
힘들게 설치해서
맞겠지?

제때 시험을 치는 데
성공했지만…

시험 시작합니다~

다른 창을 열면
커닝으로
간주하겠습니다~

안도~

갑자기 친척에게서 카톡이 오는데…

까똑!

?

?

??

이거 봐봐 빨리

급하다고?
카톡!
카톡!
아 급해! 빨리 봐줘
누가 아픈가?
혹시 사고?
급한 일?
흘끔…
링크를 보냈네?
작은 창으로 띄워서
내용만 확인하자.
클릭!
교수님은 지금 여기
안 보고 있으니까…

!!!
(교수님)
버럭!
거기 학생,
커닝해요?
다급
아아아,
아닙니다!
그럼
그 화면은 뭡니까!
당장
꺼요!
네, 바로 끌게요.
죄송합니다!
탁탁탁
카톡이 와서
그만…

바로 꼈으니
한 번은
봐드릴게요.
감사합니다….
하지만 집중력은
이미 흐려졌고
두근두근두근
패
멍…
친척은 나
시험 중인 거
몰랐겠지만,
끝나고 보자….
설상가상 교수님이
자신만 보고 있다는 느낌에
지긋…
부담감은 배가됨….

그래도 시험은
무사히 끝났다.
ㅋㅋ…
얼른 제출하세요~
이게 대학교의
시험이구나…
그래도
아는 거 많았어.
다행이야….
늦게 제출하지
마세요~
아차차 제출!
꼼꼼!
끝까지 답을 확인하고
제출 버튼을 누르려는 순간…
제출

똑!

팟! 하고
갑자기 꺼진 창!
어? 어?!
어?
패닉!

아직 제출 못했는데
이게 꺼지면 안 되는 건데
왜왜왜 꺼졌지?
자, 모두 제출했죠?
저, 저 교수니임…
갑자기 창이 꺼져서…
아~

제시간에 제출하지 않으면
자동으로 창이 꺼집니다.
그런데 한 학생만
제출을 안 했네요?

제가~~!!!
빨리빨리 내라고 했죠!!!
아니…;;;
누가 버튼 누른 것처럼
뚝! 하고 꺼질 줄은
몰랐죠.
(소리 없는 오열)

어떡하지…
이대로 F 받는 건가?
기린이가
그 점수 받아왔을 때
그것도 점수냐고
엄청 비웃었는데.
조금만 비웃을걸!
후… 그럼
이렇게 합시다.
제출을 못한 학생은
직접 학교에 와서
재시험을
보는 걸로 합시다.
!!!
대신 전체 점수의 절반만
인정해드릴 거예요.
네네, 좋습니다!!!

그렇게 학교에 가게 되는데…
그럼 오후 아무 때나 오세요~
분명 오후에 오면 된다고 했어.
끼익
지금 딱 5시니까 오후 맞지!
안 늦어서 다행이다.
!
아… 오셨군요.
바로 시험 칠게요…
네!
명랑
시들 시들
(조교님)
그런데…

제가… 30분 뒤에
퇴근이라…
…!!!
(총 50분짜리 시험)
쿠궁—!
하지만…
시험은 중요하니
천천히 최선을
다해서 보세요…
그…
쿠구구궁-

끄, 끝내야 한다!
30분 안에!!!
에프만 피하면 그만!
그렇게 허겁지겁
시험을 쳤고
콰득!
수고하셨습니다!
30분 안에 제출한
시험의 점수는
후후
뚜벅뚜벅
C가 나왔다.
훗
끝!

난데없이
손바닥 검사
?
기말고사를 보는데
갑자기
자자~

자자~ 손바닥
다 펴보세요.
두
둥
???
뭐야, 손바닥 맞기?
웅 성
장갑 빼세요~
추운데…
힝
구

초등학생도 아니고
이게 뭐지…?
어, 내 차례다!
빤
~엄마에게 오래 머무는 시선~
빤—
헉, 교수님 설마, 설마!

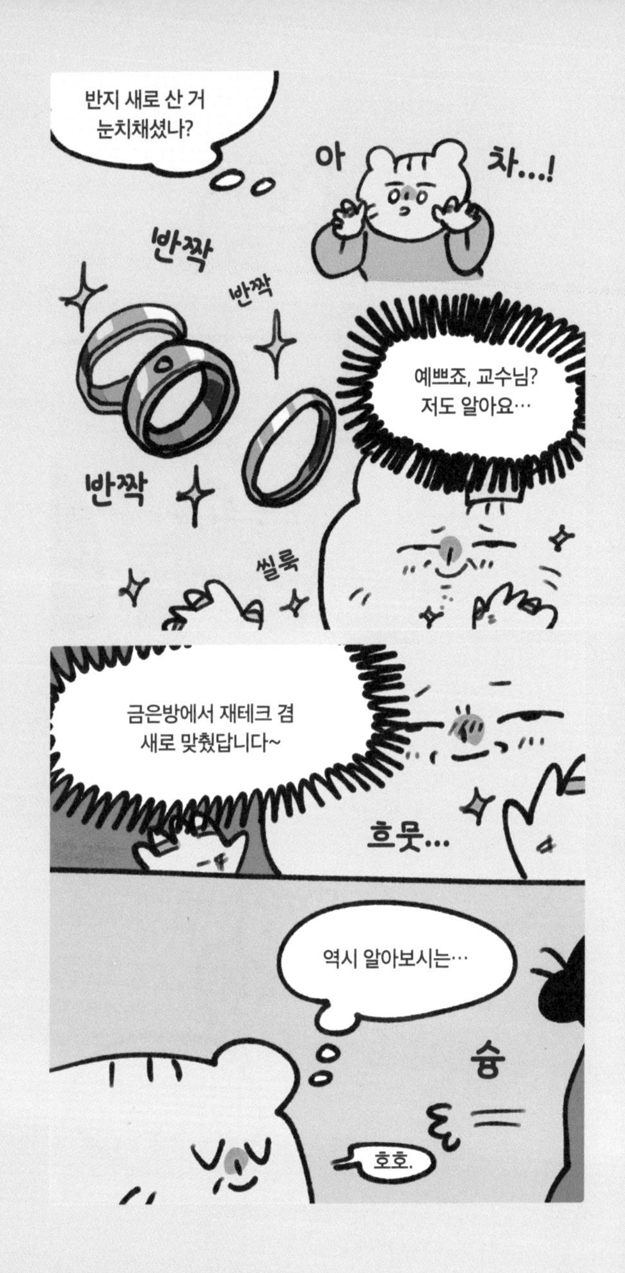
반지 새로 산 거
눈치채셨나?
아 차…!
반짝
반짝
반짝
예쁘죠, 교수님?
저도 알아요…
씰룩
금은방에서 재테크 겸
새로 맞췄답니다~
흐뭇…
역시 알아보시는…
슝
호호.

머쓱
손바닥 검사는
왜 했던 거지?
자자, 시험
이제부터 시작합니다~
알고 보니 손바닥에 적어 커닝하는
사람이 있어서 그랬던 거였다.
아, 손에 잉크가
묻어 있었구나.
빤-
대왕 머쓱
그래서 한참을
보셨던 거였군…
끝!

요즘 문물에
익숙해져야 해!

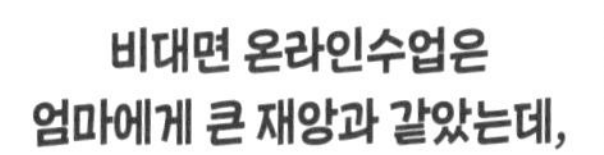
비대면 온라인수업은
엄마에게 큰 재앙과 같았는데,

세상에…
요즘 애들은
정말…
그가 느낀 충격은
이게 다가 아니었으니…

다들 노트북/아이패드를
하나씩 들고 다니는구나!
탁 탁
탁 탁
나 때(?)는 다
종이로 공부했는데…
여기에서 뒤처지지 않으려면

나도 요즘 문물(!)에
익숙해져야 해.
굿X트?
노따빌리… 뭐?
와와! 녹음도 돼?
모르면 배우자!

아니, 그런데
요즘 애들은 어쩜 그렇게
타자가 빠르니?
나는 독수리 타법인데,
애들은 손이 안 보여!
ㅎㅎ
많이 해서 그래요~
부럽다…
샤샤샥!
?
워드랑
한컴이랑 달라?
?
뭐야.
저장 어떻게 해?
?
엥, 저장한 거
어디로 사라졌지?
이렇게 모르는 부분이 많다 보니,

몇 만학도들은 크게 좌절했고
경쟁이 전혀 안 돼….
웅성웅성
애초에 젊은 애들 상대가 안 되지.
과제도 많은데 속도도 안 나니…
후…

결국 자퇴를 하는 경우도 있었다.
나는… 더는 못하겠어.
간호학 공부만 하면 될 줄 알았는데,
컴퓨터까지…

세상이 빠르게 변화한 탓이지.
탁탁탁!
누굴 탓하겠어.
하지만 꼭 컴퓨터가 아니더라도,
잘 몰라서 어이없이 저지른 실수가 있었는데…
?
바로 OMR 카드!
익숙하지 않아 시험지에만 답을 체크하고, 정작 카드에 옮겨 적지 않았던 것!
휴, 아슬아슬하게 끝냈다!
시험 종료~ 모두 시험지 제출하세요.

그리고
OMR 카드도 다 쓰셨죠?
멈칫,
??
지금 쓰시면 안 됩니다.
!!!

결국 점수 70%만 받는 조건으로 옮겨 적음…

어렵다…
끙
대학은…

공부도 공부지만,
컴퓨터와 정보력이
기본은 되어야 하는구나.
ㅋㅋ
낙담하지 않았다면
거짓말이겠지만
역으로 말하면,
익숙해진다면
뭐든 할 수 있다는 뜻이야!
동시에 긍정적으로 생각했다.

그 후부터 누군가
나도 만학도 전형으로 가려고!
할 때마다
인터넷 서치!
타자! 칠 줄 알아?
설사 몰라도, 배우고 싶다면!
컴퓨터가 싫지 않다면!
척
들어와!
물어보고 다니셨다.
끝!

엄마는 대학에 붙었어도

바로 직장을 그만두지는 못했다.

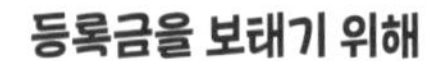

다니던 병원에 알음알음
대학에 입학했다는 소문이 퍼졌다.

찾아와 축하의 말을 건네는
동료가 있는 반면,
세상에 쌤~!
정말로요?
축하해요!!!
아이고 소문이
왜 다 퍼졌지…
고마워요.
난처

아닌 사람도 있었다.
…
…

그러던 어느 날
쌤, 쟤 보이지?
누군지 알아?
아니,
모르는데?
척
쟤가 고작 서른인데,
간호대 3학년 때 그만뒀대.
아하~
그래서…?

그런데 쌤은~
50살이 넘었잖아.
쿠궁
서른도 힘들어 하는 걸
50대가 할 수 있으려나?
난
걱정이 되네.
…
그런 말을 굳이
왜 하는 거야?

아니, 난 그냥 걱정이 돼서
하는 말이지~
화난 거 아니지?
간다~ ㅎ
...

그런데 이게 끝이 아니었다.
...
자기, 중간고사
언제부터라고 했지?
근무표 담당

나 7일부터!
그 주 쭉 중간고사야.
아하, 그래~
그리고 1달 근무표가 나왔는데…
어?
당혹
근무표
7일부터 3일 연속 데이*잖아?
* 데이: 7-16시 근무.
(병원마다 조금씩
차이는 있음)
이러면 내가 시험을
못 보는데?
큰일났다…

결국 사정사정해서
근무표를 조정하긴 했지만
ㅋㅋㅋㅋ
찜찜함은 가라앉지 않았다.
...
설마 7일부터 중간고사라고 해서
일부러 이렇게 짠 건가?
저벅
저벅
왜?
두런
두런
!

어, 언니!
??
그 쌤이 언니를
안 좋게 말하던데,
싸웠어?
...
어떻게 말하는데?
그냥··· 뭐···
착각이 아니다.
그 쌤은 날 싫어한다.

이렇게 된 거,
직장을 더 일찍 관둬야겠어.
그래, 공부에 집중하자.
과장님 지금
어디 계시는지 알아?
왜, 왜요?
사직서 내게.
원무과장님!!!
쾅!

저 그만두겠습니다!
아, 안 돼!!!
왜요?
자기, 오래 일했잖아~
이렇게 가면 너무 아쉽지!

근데 요즘
너무 힘들어요…
그래 맞아.
병행하는 거 어렵지.
그럼 어쩔 수 없으니
사직서는 받을게.
주섬
주섬
참, 그런데 자기 혹시…
?

간호대 졸업하면, 어디로 갈지
정해놓은 곳 있어?
…!!
우리 가뜩이나
인력 부족한 거 알잖아.
다시 우리 병원으로
오면 안 돼?

...
과장님은
제가 50대여도
포기 안 하고
졸업할 수 있다고
생각하세요?
당연하지!
자기가 졸업
못 하면 누가 해!
파이팅~

날 싫어하는 사람이 있으면
...
믿어주는 사람도 있구나.
월급 올려주시면
생각해볼게요~
꺄르륵
어우, 당연하지!
기다릴게~

휴…
탁!
어떻게 됐어?!
진짜 사직서 낸 거야?
화르륵!
?!

응, 나 그만둬.
아쉽다…
…
공부에 집중하려고!
멈칫
나중에 실습도 나갈 텐데,
그러면 정말 여유가 없거든.
…

그런데 과장님이 졸업하면
꼭 다시 이 병원 오라고 하시네?
집도 가까우니까
나야 좋지만~

기다리겠다고 하셔서
내가 월급 올려달라고 했어!
큰소리
자랑!
하지만 고민이다,
고민이야…
…
좋은 일이네!
좋은 일이지.

어, 쌤. 왜 그래.
왜 그렇게 쳐다봐?
할 말 있어?

아니?
없어.

뭐야…
그럼 왜 계속 서 있던 거야?
?

그래도
이걸로 속이 좀 꼬였겠지.
흥!

쌤은 50대가
얼마나 버티겠냐고 했지만
끝까지 버티는 모습을
보여줄 거야.
날 보고 늙었다고
생각하겠지만
진짜 뒤처진
사고방식을 가진 게
누구인지 알려줄게.

엄마는 그 후, 직장을 완전히 그만둘 때까지
그 쌤을 투명인간 취급했고,

이후에도 연락을 주고받지 않았다.

그러나 다른 동료들과는
가끔 소식을 주고받았는데,

그 쌤은 여전히 엄마 험담을
하고 다닌다고 했다.

그러면 주변인들이
다들 질릴 텐데…
너무하네.
상처
나를 왜 그렇게
싫어한담?
그러던 어느 날, 그 쌤으로부터
전화가 걸려왔다!
쌤… 아직 학교
다니고 있어?
???
다름이 아니라 입시 전형을
물어보고 싶어서…
!?!

뭐, 뭐라고?
입시 전형?
당신은 뒤에서도
뻔뻔하더니
헐~
앞에서도 대놓고
뻔뻔하구나!

그걸 왜
나한테 물어봐?
설마 쌤,
대학 가고 싶어?
응….
가고 싶었으면,
나를 비웃지 말았어야지.
누가 모를 줄
알았어? 끊어!
뚝!

진짜 어이없네.

후…
…
그거 그냥 '간호학과 만학도 전형'
이라고 치면 다 나와.
나머지는 알아서 해.
톡 톡 톡
응…

그렇게 시간이 흘렀다.
그분의 합격 여부는 나도 모른다.
나를 만나고 싶어 한다고?
엄마의 통화 내용으로 막연히 추측만 할 뿐…
나는 싫은데~
얘!
차단 어떻게 해?
좋은 결과는 아닌 듯.
…
그래도 이왕 도전한 거 잘되면 좋지…

...
이래서 사람은
함부로 깔보거나,
못되게 굴면 안 돼.
본인 삶이
어떻게 될지
모르거든!
끝!

주목받는 게
싫어서 그래요
!!
하루는 수업을 듣는데
얘들아…
교수님이 기습 질문을 던졌다.
지난 시간에 배웠던 거
다 말해보자!
술렁…

조—용
아무도 대답을 안 하네?
진짜 몰라서 대답 못한 사람
다행이다!
나만 모르는 게 아니었어!
긍
정!

휴…
자자~
지윤이가 말해보자!
네!
지난 시간에는…
척
??
뭐야, 알고 있었…!
그래, 아주 잘 알고 있네!
맞아, 그거야!
정확히 알고 있구나!

그런데 왜
바로 대답을 안 할까?
요즘 애들은 호응이 참 없어…
오답이어도 괜찮은데…
그러게, 왜지?
??
왜 대답 안 하는지 알아?
아~ 그냥 주목받는 게 싫어서 그래요.
맞아요!

그래?
신기하네…
그럼 내가 해야지!
아자!
그래서 어느 순간부터
자~ 지난 시간에 배운 거
질문할 거예요!
!!

골다공증 환자가 넘어질 때
바닥에 손을 짚었는데
손목이
골절되었습니다.
이때 그 골절을
영어로 뭐라고 하죠?
아는
거다!
열정적으로 수업에 임하던
한 학생은
정답: 요골하부 골절
콜레스 프렉처(Colles' fracture)
역시…
조──용
기회를 놓치지 않고 손을 듦!
번
쩍!

…!!!
그, 그래요!
방금 손 든 학생!
대답해볼까요!

의욕에 앞서서
손부터 든 사람
정확히는
기억 못하는 상태
(대흥분)
답이 뭐죠?!
그, 그…

코, 콜…!
그래요, 콜!
그리고?!
ㅋ, 콜…!!!
뭐
더라?
콜…
콜…
뭐였지???
톡톡

쓰-윽
두둥!
언니 콜레스 프렉처
!!
콜, 콜레스 프렉처입니다~!!!
맞았어요, 정답!!!
(환하게 웃는 교수님)

휴, 다행이다. 고마워.
그런데
알면서 왜 직접 발표 안 하고?
주목받기 싫어서요…
어머 그렇구나…
왜 싫지? 요즘 애들 이상해~
라고 말은 하지만 그 누구보다 요즘 애들 좋아함.
와
와
(술자리 단골 인사)
끝!

언니 엠비티아이가
뭐예요?

엄마는 약속이 점점 자주 잡히니
옷에도 신경을 쓰게 되어
...
딸의 옷을 뽀리는 건 기본이고
으아아
슉!

누구보다 당당하게
셀카를 찍어 전송하는
기행을 선보였다.
후후
어때?
???
애들이 다~~
네 옷 잘 어울린대.
오…
넌 어차피 집에만 있지?
이번 주도 좀 빌린다?
눈물줄줄

후후, 억울하겠지만
수긍할 것이다…
옷의 뽕(!) 뽑는 걸
중요하게 생각하는 딸은
한 달에 한두 번
약속 있는 자신보다
내가 입는 게
더 효율적이라고
생각할 테니…

예상 적중!
…
…ㅇㅋ!
곰곰…
후후 그럼 그렇지…

그렇게 뺏은 옷을 입고 술자리에 나갔는데…
언니 언니, MBTI 뭘까요?
어?
저희 거 한번 맞춰보세요!
언니는 뭐예요?
저희 I(내향)인지, E(외향)인지 맞춰보세요!
제가 언니부터 맞출게요.
E…SFP?
맞나요?
ㅊㅊ
후후 기다려봐~

그 시각
zzz
아오 깜짝아!
우우웅!
우우웅!우웅!
여보세요?
뭐야??
벌떡!
밤늦게 미안…
그런데
내 MBTI 뭐였지?
ㅎ

MBTI? 갑자기?
전에는
관심 없다고 하더니!
얼른!
음~~ 엄마는 분명
ESTP…일걸?
오케이~ 감사~
그렇대!
뚝!
…

그러면 언니가 우리 I인지,
E인지 맞춰봐요!
맞추면
저희가 마실게요!!
오오?
후회하지 마!
E!
헉!
E!
대박!
E!
어떻게
알았지?
그렇게 노련한 눈썰미로
연승을 했고…

대망의 마지막
한 명이 남았을 때,
으음~ 너는~
너는…
(기 빨린 표정)
(집에 가고 싶은 얼굴)
…
음…
(피곤함의 의인화)
(45도 빗나간 초점)
(의식적으로
올린 입꼬리)
…;;

I…?
대박! 맞췄어요!
언니 짱이다!
꼴꼴꼴꼴
마셔라
마셔라!
그때 든 생각…
그렇구나…
I라…
우리 애도 I였지…
어쩐지 집 밖에 오래 나와 있으면
피곤해 하더라니…
그걸 이제야

체력이 부족한 줄 알고
억지로 끌고 다니면서
나와
으갹
강제로 바람
쐬게 해줬는데
그냥 성격 차이였구나.

전혀 몰랐네…
에휴
집에 보내줘 보내줘
나를 집에 보내줘
나 집에 갈래 제발
걔는 그냥 평범한 I였어!

그 후로 무리한
모임 참석 요구 안 함.
넌 그냥 집에 있어.
고맙습니다 술게임!
감사합니다 MBTI!!!
끝!

내 옷 뽀려가는
대학생 엄마
옷을 잘 사는 편은
아닌데
장롱 안에 똑같은
옷만 있는 것 같아서
Ctrl + C
Ctrl + V
기분 탓인가?
이겠냐?

큰맘 먹고 겨울맞이 옷을 샀다!
겨울이 기다려지는군…

다음 약속에는 저걸 입고
그다음은 이걸 입고…

옷 취향이 비슷비슷한
언니랑 나…
그럼 너도
내 옷 입어라~
아 작다고요!
(언니보다 내가 더 큼)
종종 옷을 공유하곤 한다.
왜 자꾸
절 따라 하시죠!
늦게 태어난 녀석이
감히 말대꾸?

거기에 엄마가 대학에 가면서
옷 취향이 바뀌더니
오호라~
하이에나가 하나 더 늘었다.
아ㅋㅋ 미치겠군.
게다가 자취를 시작하시며
…아!
딸의 간담을 서늘하게 할
기가 막힌 악법까지 터득했다.
자취방으로 옷을
들고 가면
덜덜덜
덜덜
그냥~ 내 거?
아닌가? 막 이래~

어차피 재
평소에 내 스킨로션 신발
가방 양말 아이패드 에어팟 손선풍기
핫팩 이불 블루투스키보드
휴대용충전기 텀블러 필기도구
소액결제에 필요한 카드까지
뿌려가잖아!
옷 정도야
뭐 어때?
거참 할 말 없게
만드시네;
그러던 어느 날
아, 너무 추워!
아침 기온
무슨 일…
이지…
!!
텅—
까아아아악
옷장을 열었는데!

없어.
차르르륵
없어!!!
차르르르르르륵!
서, 설마…
엄마, 혹시
이~렇게 생긴 옷…
아~
지금 날씨에 입기 딱 좋아!
그래…

그리고 일주일 뒤…
돌려줄게.
깨끗하게 입고서
세탁 다 하고 돌돌이로
먼지까지 없애 왔어.
…!
스쳐 지나가는 지난날의 기억…
엄마 물건 막 쓰고 막 놓고
휙!
떨어뜨리고
휙!
대충 돌려주고
…!
그냥 돌려줘도
되는데…
어떻게 그러니~

기본이지…
(해석: 알겠니, 기본도 못하던 딸아?)
참, 내 친구들이 네 옷 나랑 잘 어울린다고 했어! 옷 예쁘대.
쿨럭
(내상)
그럼 그냥 비슷한 옷을 사줄게.
어차피 얼마 안 해.
어어, 진짜?
그럼 나… 이걸로 사줄래?
(전혀 다른 스타일 옷)

내 옷이
마음에 든 거면
그거랑 비슷한 스타일로
사는 게 낫지 않아?
응?
무슨 소리니.
비슷한 옷은
이미 너한테 있으니까.
새로운 스타일
옷을 입어보는 게 좋지!
앞으로도 네 옷을 뽀리겠다는
선전포고!!!

나 담주에 약속
다섯 개 있어.
너 나보다 많아?
이렇게까지
뻔뻔해지다니!
아뇨…
제 옷 자주
빌려가세요…
고마워~
끝!

BBo
7감 만족
패션매거진
9월호
"언니 그 옷 입을 때가
제일 예뻐요."
2n학번의 특·급·칭·찬이 쏟아진다!
유리·진아·유경
동기 3인방과의 해피 토크
매일매일 다른 기분!
상하의 조합으로 코디 최대수 만들기!
"자, 이제 새 옷 같죠?"
소재·색상별 세탁 및 관리 노하우!
지속가능한 뽀림을 위한 관리법!
등장!
"이거 맞아? 정말 맞아?"
빈 옷장의 주인공
기린 전격 인터뷰!

Rim
[뽀림]

어느 날, 엄마가 거울을 보며
한숨을 푹푹 내쉬고 있었다.

별일 아니겠지… 하고 넘겼지만
휴우…
점점 커지는 한숨 소리
휴우우…
무슨 일 있어?
응? 아니 그냥…
내 얼굴에 주름이
자글자글한 것 같아서…
침
울

왜, 누가 뭐래?
어!!!
아니 어제, 그냥 가만히 앉아서 웃고만 있었거든?
그런데 갑자기
호랭이 씨, 눈가에 주름이 많네요!
!
확실히 나이가 들긴 들었나 봐요~
이런 말을 하는 거야!

기분이 순식간에 바닥을 쳤어.
내가 늙어 보이나?
하루 종일 손에
아무것도 안 잡히더라.

그동안 그런 거
신경 안 쓰고 살았는데,
만지작...
처음으로 내 얼굴의 주름이
인식되는 거야. 두려웠어.

처음으로 보톡스 시술을 알아보고,
성형수술 광고를 찾아봤어.
성형
모두가 한마음 한뜻으로
여자의 권력은 '어려 보이는 외모'라고
외치고 있었지.
…나는 한물 간 걸까?
나 그거 진짜,
칼답!
헛소리라고 생각해!

어려 보이는 외모가
권력이었으면,
이 세계는 10·20대가
짱 먹었겠지.
하지만 현실은
중장년층이 짱 먹고 있잖아.
그리고 권력자는
주름을 잘 감추는 사람이 아니라
주름을 당당하게 내보이고도
대우받는 사람이라고 생각해.

물론 자기 관리를
하는 건 좋은 일이지만,
…
남의 시선에 밀려
쫓기듯 시술 받지는 말자.
그러네…?
활짝!
하지만 나이 들어 보이는 건
누구나 다 싫어하지 않아?
응, 당연하지.

나이 들어 보이는 건
나도 싫어!
하지만 단순히 싫은 거랑
혐오하는 건 다른 문제야.
사람은 시간의
흐름을 거스를 수 없고,
노화는
당연하게 찾아와.
노인이 될 우리가
경계해야 하는 건
주름 따위가 아니라,
…!
시대에 뒤떨어진
낡은 사람이 되는 거라고 생각해.

그런 의미에서 엄마는
아주 잘 지내고 있다고 생각하고.
정말…?
응, 진심으로.
그리고
나는 엄마 눈주름
참 매력 있던데…ㅎㅎ
능능
!!!

평소에 많이 웃는 사람이라는 게
팍 느껴져서 좋아!
!!!
그래서 저 사람
주변으로 가면,
같이 행복해질 수
있을 것 같아.
...

너 나한테 뭐 잘못한 거 있지!
사실대로 말하면 용서해준다.
얘가 이렇게 듣기 좋은
소리를 할 애가 아닌데 말야…?
거참….
칭찬 취소합니다.
거절합니다.
아무튼
엄마, 주름은 당연히 찾아오는
노화의 흐름이고
연륜의 증명이야.

엄마가 이제까지
성숙하게 잘 살아왔다는 증거이기도 해.
그러니 거울을 보며
문득 늙어 보인다는 생각이 들 때,
이 말을 떠올려.
주름은 긴 세월 죽지 않고 살아 있는
사람에게만 찾아오는 축복이라고.

그거 진짜 어려운 거야.
알지?
…고마워.
그 후로, 엄마는 더는
거울을 보며 슬퍼하지 않았다.
누군가 주름을 지적해도
눈가에 주름이 많네!
관리 안 해?
내 나이가 몇인데,
당연히 주름이 많지!
받아쳐주었다고 한다.

대학교에 다니며 나이 강박,
동안 강박이 심할 텐데도
굴하지 않고 잘 대처하는 모습이 굳건해 보였다.

계속 이 씩씩한 모습이 이어졌으면!

끝!

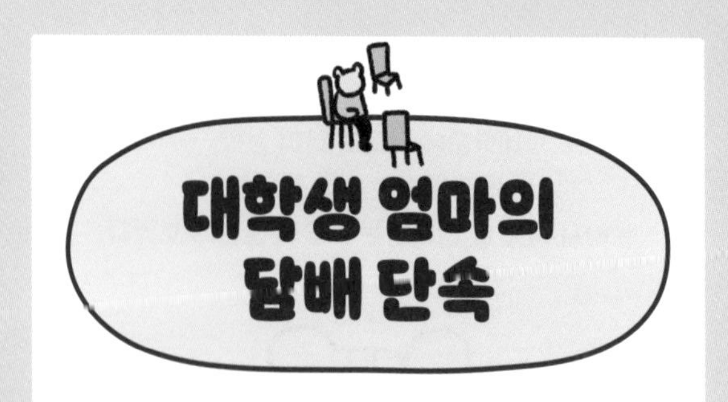

엄마는 평소에 담배 단속을 하는데,

이유가 다 있다.
담배 피우지 마!
폐암으로 돌아가신 분들을
주변에서 너무 많이 봤으니까!
숙연…

그러던 어느 날,
대학교에서 동기들과 함께 수업을 듣다가
드디어 쉬는 시간!
담타(담배 타임) 갈 사람?

오, 나!
나도.
우르르르~
??!!

순식간에 대부분이 빠져나갔다.
아니,
이렇게 많이들
피운다고?
(얼떨결에
따라 나옴)

나랑 친했던 애도!
하하
하
순둥해 보였던 애도
피우고 있어!!
하하
앗
한 대 피우실래요?
척!
컬처 쇼크

이, 이러면 너희들 건강이…!
네???

잠깐, 이러면
꼰대라고 불리려나?

아냐…
아무것도…
요즘 애들이
많이 힘든가 보다…
살짝 충격을 받은 엄마였다.
끝!

서프라이즈 케이크

그날도 여느 날처럼
어린 동기들과 놀고 있었는데,
언니, 언니는
생일이 언제예요?
나? 이미 지났어~
지난주!
!!

물어보다니 귀여워라.
헉 놓쳤어…
흐뭇
그럴 수 있지.
저희 담타 하고 올게요~
그래~
쓱
쓱
그렇게 나갔는데,
10분 후
생일
축하합니다~
생일 축하합니다!
불쑥!
…!
!!!!

생일 축하합니다!
생일…? 누구 생일?
누구겠어요~
급하게 산 편의점 케이크. 초 하나 없는 케이크.
(상황 파악 끝)
벌떡!
!!!!

다음에는 선물도
꼭 드릴게요!
아냐. 안 받아도 돼.
이것만으로도
나는…
…
…
처음으로 친구에게 받은
서프라이즈 케이크는
충분해…

박수 소리, 환소 소리
짝짝
짝
짝짝
끝없는 축복 속에서
사람을 벅차오르게 했고,

그날의 기억은 힘들 때마다
환하게 빛을 밝혀주는
찬란한 기억이 되었다.
끝!

온라인 강의로
수업을 진행하던 시기였다.

엄마는 갓 입학한 새내기였고,
온라인 강의를 어려워했으며

발표에 큰 공포감을 느끼고 있었다.
갑자기 니 시키면 어떡하지?
어떡하긴… 마이크 오류 난 척하고 꺼버려.
작업 중
넌 대학 그런 식으로 다녔니?
인상!
덕분에 편했지…
수업을 진행하다가 출생률 이야기가 나왔나 봄.
나는~ 아이를 안 낳을 거다! 하시는 분 있나요?
손 좀 들어봅시다!
라고 하는 교수의 질문에 학생들이 응답했고,

엄마는 신기했다고 하셨다.

어, 생각보다 많네?

마이크 off

놀람!

우리 딸들도 그러던데…

요즘 애들 정말 다 이런가?

안 낳겠다고
생각하는 건,
여러분들이 아직
어려서 그래요.
...
막상 낳으면 달라요~
불편
절대 후회 안 해요.
학생 모두가 조용할 때,
특히 한국은
저출생 국가잖아요?
나라를 위해서라도
낳아야 해요!
엄마는 홀로 의문을 가졌다.
얼마나
행복한데요~?
왜
이런 말을
하지?

왜 다 조용하고?
대학은 열렬하게 토론이 오가는 곳 아닌가?
결국 엄마는 마이크를 켰다.
교수님~ 드리고 싶은 말씀이 있습니다!
네~
저는 아이를 셋 낳은 50대 만학도입니다~
아아, 네네!
근심
교수님 말씀에 공감합니다.
하하, 그렇죠?
물론…

아이는 정말 사랑스러워요.
키워본 사람만 알죠~
맞아요,
맞아요!
화기애애
그 행복감은
정말 엄청나요~
맞아요!
하지만
그 감정을 느끼기 위해
꼭 아이를 낳을
필요는 없다고 생각해요~
???

요즘 세상에는
재밌는 것도,
맛있는 것도 많고
발전도
척척척 되어서
할 수 있는 것도
많기 때문에
행복을
느낄 수 있는
방법은
아이가 아니어도
무수히 많더라고요~

아이를 원하면
낳는 게 좋겠지만
필수로! 반드시!
낳아야 하는지는
잘 모르겠어요.
격한 감동
제 딸들도
다 안 낳는다고 해요.
요즘 애들은
종종 그런가 봐요~
...
늦게 낳거나,
안 낳거나.

학생들은 여전히 조용했다.
교수님 또한 잠시 침묵하고 계시다가
그렇군요…
그렇죠.
요즘은 달라졌죠.
맞아요.
학생 말이 맞아요…
하셨다.

지금
생각해보면
어우 어떻게
그런 말을 했나 싶어~
…

아니야, 엄마 잘했어!
큰 감동
어쩌면 첫인상이 이랬어서
학교에서 인기가 많은 걸지도…
끝!

엄마에게
일어난 변화

작가님의 어머니는
굉장히 깨어 계신 분 같아요!
우와
간혹 이런 말을 듣는데,
정말정말 감사하지만

엄마는 변화하려고
노력하는 사람은 맞지만

완전 무결하게 깨어 있는 분은 아니라고
조심스럽게 말씀드리고 싶습니다…

대학을 가기 전 엄마는

좁은 세상에서 모든 것을 판단하고,
그것이 옳다고 믿으며

간혹 곤혹스러운 말과

그러나 대학에 진학하고
젊은이들 사이에서 어떻게든 살아가며

차별을 깨닫고
평등을 배워가던 어느 날,

내게 사과를 했다.
내가 그동안 너무 무심했지?
!
미안하다.
내가 너무 무지했어. 새로 익히려고 하지 않고,
과거에 머물러 있었지.
요즘은 확실히 다르더라.
아마 나름대로 노력을 하신 것 같았다.

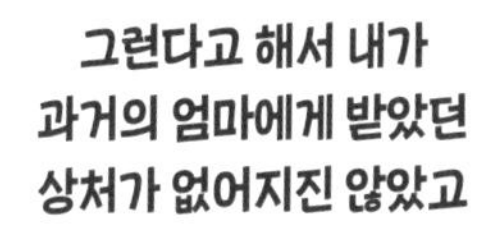

엄마도 한순간에 새로운
사람이 되는 일도 없겠지만

기적같이 일어난 변화를
달갑게 바라보기로 했다.

배워나가는 사람은
언제나 멋진 법이니까.

끝!

엄마는 사실 전통적인 며느리 상에서
벗어난 사람은 아니다.

바쁜 와중에도 시부모 댁에 가서
온갖 수발을 들고 있다가도,

간혹 본인도
답답해 할 때가 있는 것 같다.

이 집안은 며느리에게
바라는 게 너무 많아.
며느리의 노동이
당연한 게 아닌데도.

모든 친척이
엄마의 노동을
당연하게
생각하잖아.
나는 그게
속상해.

그러던 어느 날,
엄마가 병문안 갈 일이 있었는데

옆 침상의 가족이 시끄럽게
며느리 욕을 하고 있었다고 한다.

아니, 시아버지가 이렇게 아픈데
간병을 안 한다고?
회사가 그렇게 중해?
그러니까 엄마!
기본도 안 되는 애를
며느리로 들여서는… 쯧쯧.
쓸모없는 계집애.
시부모도 못 모시는 것!
설설…
엄마는 그 순간 울컥했다…
…!!!

저 욕들이 아주 불편하게 느껴졌다고.

무슨 용기였는지 엄마가
그들의 대화에 끼어들었다.
그건 아니죠~

요즘이 어느 시대인데
며느리가 무조건 간병을 해요?
어르신은 자식들 기저귀 갈아줬지
며느리 기저귀 갈아준 거 아니잖아요.

며느리 노동이
당연한 것도 아니고,
며느리가
아랫사람도 아닌데
욕하는 게
좋아 보이진 않네요.

물론, 며느리가 간병을
하고 싶다면 하는 거지만.
너무 시끄러워요!
밖에 나가서 대화해주세요.

그런 이야기를 한 것을
후회하지는 않으셨다.

나도 이제 변해야지!
끝!

기말고사 시즌이 다가와서

여느 때처럼 열심히 공부하고 있었는데

어디를 가나 펜을 놓지 않는 엄마를 보고
누군가가 말했다.

그냥 적당히 하고,
적당히 낮은 성적 받아서
고만고만한 병원에 입사해.
애들 사리 빼지 말고.
!!
아줌마가
유난 부리지 말아…
좋은 성적은
20대 애들에게 양보해.
…
나, 나는…
열심히 해도
좋은 성적은 안 나와.
어차피…

당시에 엄마가 당당하게 반박하지 못했던 것은

어느 정도 맞는 말이라고 생각했기 때문이다.

깔아주는 것도 미덕이긴 하지…
…
하지만…
나는 그냥,
공부하는 순간이 좋아서
공부하는 것뿐이야.

안 그래도 50대, 60대 만학도에게는
최고 점수는 주지 않는다고
웅성
웅성
학교에 소문이 난 적이 있었다.

그때도 5060 만학도끼리 모여서,
서로의 속을 달랬다.
소문이 사실이어도 우리가 속상해 할 건 아니지.
확실한 것도 아니잖아?
설마 아니겠지…
소문이 사실이어도 어쩔 수 없고…

누구는 아줌마가
욕심이 많다고 하고
!!
공부하지 말고 집에서 밥이나
차리라고도 하지만,
!!
엄마는 꿋꿋하게
강의실 앞자리를 사수했다.
그는 가장 열정적인
학생이었다.

좋은 직장에 들어가기 위해서 공부하는 게 아니야.
집안 형편 때문에 내가 젊었을 때 못 배운 게
한이 되어서 공부하는 거지.
못 배운 사람이라고 그만 불리고 싶어서 그래.
나도 살림만 하는 여자가 아니라,
한 분야의 전문가가 되고 싶어서 그래.

그렇게 내 자식 앞에서
당당해지고 싶어.
점수는 아무래도 상관없어.
내가
최선을 다했다는
기록이기만
하면 돼.

엄마는 낮은 점수를 받아도
그것마저 자랑스러워 하셨다.
내 최선의
점수!
누가 뭐래도 괜찮아.
기죽지 않아.

계속 열심히 공부할게!
그러니 아줌마의
마지막 유난이라고 생각하고
지켜봐줘!
끝!

넌 이제부터 환자다

엄마 친구분이
집에 놀러왔다.
꺄륵
꺄르륵

갑자기 오신 거라 자리라도
비켜드려야 할까 고민했는데

어… 안녕하세요!

주춤

어어, 그래~

나가 있을까?

소근 소근

아니?

어딜 가려고.

네가 필요해.
너 오늘 놀지?

그 말과 함께 내 하루뿐인
휴일은 박살이 났다.

턱!

두 분은 같이
공부를 좀 하시더니
내일 과제
그거 어떡하지?
큰일이야.
걱정 섞인 그 한마디를 시작으로
??
턱!
몸 바르게.
자세 고정.
턱!
???
턱!
넌 이제부터
환자다.
?
아픈 척해.
상황 파악 못함

나를 환자로 두고 연극을 시작했다.
자, 시작~ 환자분, 오셨어요?
뭐야?
뭔데.
환자분~ 불편하신 데가 있으신가요?
네, 바로 이 상황이요!
협조 좀 하실까요?
알고 보니 과제 중에 시뮬레이션이라는 게 있는데
환자분, 처치 도와드리겠습니다~
(아닐 수도 있음)
그게 환자를 안내하는 연극 과제라서 연습하시는 거 같았다.
그리고…
아하, 내가 그 환자 역할?

상황 파악을 끝내자
곧바로 시작된 진상질!
아, 빨리 해주세요!
제 팔에
피가 나잖아요!!!
(말짱)
그럼 이쪽으로
누우시고…
저기요, 간호사님!
온몸이 쑤신다고요!
그럼 빨리 처치를…
설마 주사 놓으려는 건 아니겠죠?
저 주사 왕 무섭거든요??
ㅋㅋ환자분
ㅋㅋㅋㅋ
ㅋㅋㅋ
정수리에 주사 박기 전에
입 가만히 두세요…
…!
과연 나는 무사할까?

저희가 아직 이런
작은 케이크밖에
못 드리지만
나중에는 더 큰 걸로
축하해드릴게요!
뭐, 뭐야…
뭐 이런 걸 다!
왈칵!
여기
생일이에요~
그러자 포차 안의 다른 손님들도
같이 박수를 쳐줬다.
!
우와아~
짜악짜악
짜악짜악
대왕 감동!!!
짜악
…!
짜악

섬뜩!
왜, 어ㅐ 왜요…
환자 유형에 따라 대처하는 거 아니었나요?
정수리 보호
시나리오는 이미 있어.
넌 적당히 아픈 척만 해주면 돼.
아하!

그렇게 잘 진행되나 싶었는데
(얌전)
주사 놓을게요~?
(주사 싫어함)
?
자, 잠시만요.
주사 안 놓는다고 했잖아!
어머님,
잠시만요?
안 해. 안 해.
질질질
진짜 주사 아니지?
손으로 놓는
척만 할 거야!
어휴 창피해~

어휴, 아직도
주사를 무서워해?
ㅎㅎ
딸 나이가 몇이야?
아직 대학생?
학생이면 아직 어린데
무서워할 수도 있지~
…아니…
애는…
졸업한 지 좀 됐어…
…!
숨기지 못한 서늘한 눈빛
아…
그런 눈으로 바라보지 말아주세요…

더 이상 가문을
수치스럽게 하지 마라.
크흐흑, 네!
그렇게 이상한 의무감으로
과제 연습이 이어졌다.
그런데,
이제 쪽지시험
공부할까?
그래!
누구 가르치듯 공부하면
훨씬 좋으니까…
…!
(경) 학생 역할 당첨 (축)
그래서 간호사가
가장 주의해야 하는 건
낙상 사고로…
또 출산 후의
대처는…
심장의 펌프질이
어쩌고 피가…
잘 듣고 있니?
저게 뭔 말이지?
이해도 0%

1시간 경과
난 빡대가리야.
그래 기린아.
우리가 알려준 거 잘 들었지? 이제…
시험을 시작한다.
쿠-궁!
엄마 친구 앞에서 과연 나는 가문의 명예를 지킬 수 있을까?
아니, 갑자기 앉히더니 1시간 간호학 수업하고
시험이라니요!

전 심장 옆에
뭐가 붙어 있는지,
피가 어디서 와서
어디로 가는지도
모릅니다!
당당!
알려줬잖아?
당연히 듣는
즉시 까먹었죠.
자랑이다.
ㅋㅋ누구
닮았을까!
자, 그럼 첫 번째 문제~
심장의 동맥이 막혀서
산소 공급이 되지 않아,
심장 근육이나 세포가 죽는
질환의 이름은?
아~ 쉽다 쉬워!
...

심… 심근경색?
정답~!
오~
1시간 세뇌의
힘은 강력했다!
이제
그만할래…
왜!
시험 싫다고~
에휴… 그럼 우리
문제 풀 테니까
정답 불러줘.
응…

30분 후
벌써 다 풀었어?
잠깐 나 물만 마시고
답 불러줄게.
그래.
호랭아.
툭툭
1번부터 어려웠다.
그치?
난 별로
안 어려웠는데?
에이 ~
너 설마 1번에
1번 안 찍었어?
당황
응? 1번에 답
3번이잖아?!

1번부터 틀리면
어떡하니~
아 진짜
1번인가?
3번
아니라고?
…
1번이야 1번~
3번이야!
1번!
3번!
쓰윽…
답지
1번문제 — 답⑤
끝!

엄마의 젖은 어깨

장마가 시작되었다.

우산이 작은 것인가…
우리가 큰 것인가…
—꽈
악—
…
…

성인 여성 둘의 어깨를 다 가리기엔,
우산의 면적이 너무나 좁았다.
결국 내 어깨를 희생했는데,

꽈악
!
꼬옥

습한 여름날의 날씨.
꼭 안고 가자.
포근한 냄새가 났다.

나중에 집에 도착하니
엄마의 오른팔이 다 젖어 있었다.

나도 내 어깨를 희생했다고 생각했는데,

비교를 할 수가 없을 정도였다.

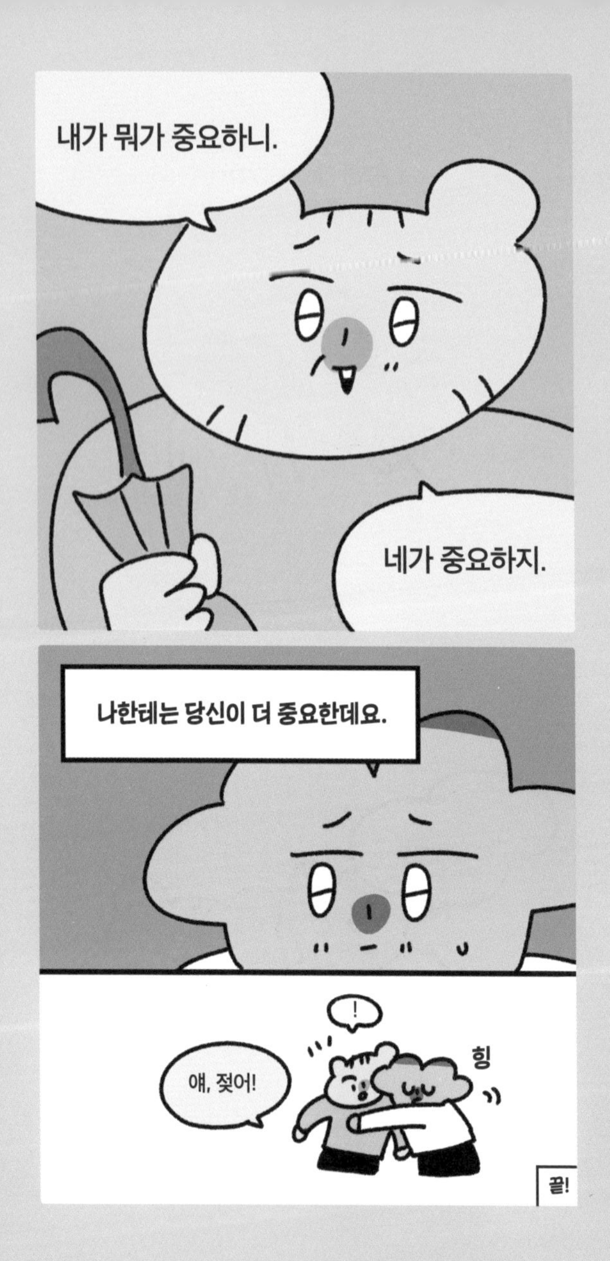
내가 뭐가 중요하니.
네가 중요하지.
나한테는 당신이 더 중요한데요.
!
애, 젖어!
힝
끝!

방에 에어컨이 없어서
작년 여름에 고생을 좀 했다.

그래서 내 방에도
에어컨이 있으면 좋겠어~
한마디 했는데,
…
어느 날, 방에
벽걸이 에어컨이 설치됨.
…???
그뿐만이 아니다.
나 새우 먹고 싶어…
라고 하면,
냉장고에 손질이 다 된 새우가 있었고,
!!

방 정리를 안 하고 밖에 다녀오면

그사이 내 방은 말끔히 청소되어 있었다.

왜 나한테 이렇게까지 해줘?
우리 딸은 귀한 사람이니까.
나중에 네가 엄마 아빠를
떠나 살더라도
네가 이런 대우를
받았다는 사실을
명심했으면 하니까.
넌 귀한 사람이야.
귀하게 컸어.

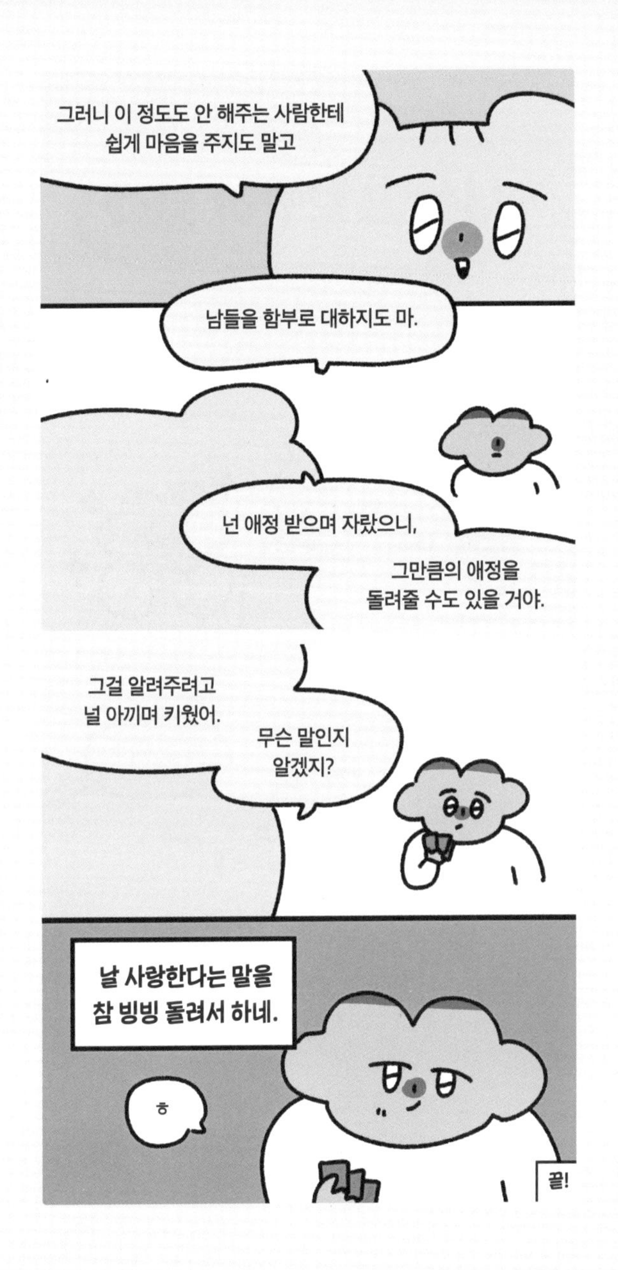
그러니 이 정도도 안 해주는 사람한테
쉽게 마음을 주지도 말고
남들을 함부로 대하지도 마.
넌 애정 받으며 자랐으니,
그만큼의 애정을
돌려줄 수도 있을 거야.
그걸 알려주려고
널 아끼며 키웠어.
무슨 말인지
알겠지?
날 사랑한다는 말을
참 빙빙 돌려서 하네.
ㅎ
끝!

나는 크림빵이 싫다

흠…

옛날에 엄마가
빵 심부름을 시키면
빵 사와라~
슝
OK!
엄마가 좋아하는
크림빵 위주로 골랐다.
이거 다
담아야지!

그때부터 꼬박꼬박 크림빵을 사 갔는데

드디어 말해줄
때가 된 것 같구나.
사실 난…
크림빵을 싫어한다…
바게트빵을 좋아해…!
!!!

예전에는 두근거리며 나를
바라보는 너를 실망시킬 수 없어서
좋아하는 척을 했지만
대충격
이제 성인이니
말해도 되지?
안 귀엽잖아.
???
아무튼 또
사오기만 해봐. 팍씨!
나는 크림빵이 싫다.
충격

그동안 좋아하는 척을 했다는 것에
감동을 해야 할지

솔직해진 지금의 모습에
충격을 받아야 할지 모르겠는 순간이었다….

사실 빵은 다 맛있는데…

끝!

대학교에 오길 잘했다

대학교에 오길 잘했다!
돈? 시간? 체력? 눈치?
나는 그것보다 더한 걸 얻었어!

물론 항상 좋은 순간만
있었던 건 아니지만,
대학은 3년이
딱 좋아.
또 이러시네.
과제
남은 1년 어떡하지…?

심지어 최근에는 고시에 떨어지는 꿈도 꾸지만
흐어억
아냐, 악몽이야.
난 꼭 붙을 거야!

그래도 조금은 늦었다고 생각할 수
있는 50대의 나이에 대학에 들어와
...
느낀 것이 있다면
후회하시나요?
미쳤어?
절대 아니거든?
흥
후회할 일은
절대 아니라는 거지.

왜냐하면…
후후!
오… 정말로요?
후회 안 하신다고요?
정말로?
아, 그렇다니까
그러네!

매일 힘들다고
하시잖아요.
그럼 세상에
안 힘든 일이 어디 있어?
그리고 힘들다,
힘들다고 해도
입꼬리는 올라가 있는
그런 기분 알아?
나는 모두가 늦었다고 할 때
대학에 들어왔어.
도박하는
기분이었지.
괜찮을까?
시간 낭비로
끝나는 건 아닐까?

하지만 그로부터
벌써 3년이 흘렀고,
이제 곧
졸업반이야.
그리고
깨달았지!
그때 늦었다고 내게 뭐라고 하던
사람들은 여전히 그 자리라는 걸!
늦었네!
시간 낭비야…
심지어 요즘은
어떤 줄 알아?
그 사람들이
슬쩍 다가와서
그… 잠시만요.
정보를
물어본다니까?
본인들도
오고 싶다면서.
혹시 입시 전형
뭘로 했어요?

드디어 눈치를 챈 거지.
그때의 내가 가장 빨랐다는 걸.

그리고 지금
이 순간의 본인들도

가장 빠를 때라는 걸.

고오오오오오
...
간호학
아직 고시 준비는
시작하지 않았지만,
뭔가 잘될 거라는
예감이 들어.
타
박!

가장 하고 싶었던 것을
눈치 보지 않고 했다는 점에서

나는 이미 성공한 거 아니겠어?

앞으로의 내가 어떤 삶을
살지는 모르겠지만,

처음 시작이 중요하다고

무작정 시작해서 뭔가를
이뤄낸 경험이 생겼으니
앞으로도 비슷하게
살지 않을까 싶어.
이런 나는
스스로가 보기에,
또 주변인들이
보기에
좋은 영향을 주는
사람이 된 걸까?

그랬으면
참 좋겠다.
그건 정말 멋진
삶인 것 같거든!
끝!

엄마의 비밀
엄마에게
비밀이 생겼다.
…

묘하게 늘어졌는데
물으면 대답을 안 하신다.
휴
설마… CC?
겠냐?

계속 한숨을 푹푹 쉬면서

친구들과 통화만 하시길래

어느 날 마음먹고 조심스레 여쭤봤는데

성적 하나 F 나왔어!!!
버럭!

ㅋㅋㅋㅋㅋㅋㅋㅋㅋㅋㅋㅋㅋㅋㅋㅋ깔깔깔
(놀리기 진심임)
ㅋㅋㅋㅋㅋㅋㅋㅋㅋㅋㅋㅋㅋㅋㅋㅋ
뭐 했는데?
커닝했어?
아니 ㅜㅜ

그런데 마냥 웃을 일은 아니었던 게,
뚝
당시의 엄마는 직장과 학업을 병행하고 있었고

열심!

코로나19로 인해 비대면 방식이었던 수업이
대면 수업으로 전환되었으며,

짠!
?!

가뜩이나 어려운 과제가 잔뜩 늘어나

대상포진까지 생겼던 때였다.

진짜야. 에프 그까짓 거 하나 있어도 돼.
…
불 신
진짜라니까?
진짜…?
응!
그런데 어쩌다가 에프가 나왔어?
그게… 강의만 들으면 되는 수업이었는데
퇴근하고 너무 힘들어서

까먹어버렸어!
강의 하나도 못 들었어. ㅎㅎ
그렇게 재수강을
하셨다고 합니다.
끝!

10년 전으로
돌아간다면

소원이 없겠다!

뭐든 할 수 있겠지?
건강하고
한창일 때인
40대 중반이니까!
40

엄마…
머쓱
ㅎㅎㅎ
그 말… 딱 60대
중반의 엄마가
지금 엄마에게
해줄 말 같아.
!!

젊은 나이 50대로
돌아가고 싶다~
60세
...
엄마는 지금도 창창해.
걱정하지 마.
맞아…
지금의 내 나이도
누군가에겐 소원이겠구나.

지금을
열심히 살아야겠다.
부끄럽지 않게!
끝!

엄마의 고시원 생활

대학생 엄마가 고시원에 갔다…
이유는 바로 간호 실습!

장거리 병원으로
2~3주 실습을 나가게 되면

고시원 생활이 필수라고 한다.

처음에는 걱정이 되어서

차라리 모텔 단기 숙박 잡아줄까?
라고 제안해봤는데
아니!
안 먹힘.
고시원이 싸고,
다들 고시원에서 지내는데
나만 빠질 순 없지.
나, 다녀올게~
하고 슝 가셨다.

그런데 고시원에서 지내며
가장 힘들었던 건
낡았고
옆방 말소리가 다 들리네.
취약한 방음도 아닌,
남의 시선이었다고.
옆방에서 나온 누군가가
뚫어져라 쳐다보길래
어?
뭐지, 뭐야?
싶으면서도 애써 무시했는데,
빤

그날 밤, 옆방에서 전화 통화 소리가 들렸다.

띄엄띄엄 들려오는 느릿하고 큰 목소리
뭐, 뭐라고?
저 아줌마가 설마 나인가?
통화를 할 거면
들리지 않게 하든가!
고시원에 사는 50대가 얼마나 많은데,
왜 그 사람들을 모두 매도하지?

그러나 저 비수 같은 말의 대상이
바로 본인이었기에

엄마는 그날 밤 내내
잠을 이루지 못했다.
내 나이다운 건 뭐지.
정말 녹록치 않구나…

그러고 내게 다 고자질하심.
이런 일이 있었어!
만화로 써라!
뭐라고??
헐, 너무하네!

사람이 말을
왜 그렇게 해!
...
엄마,
엄마는…
그 누구보다 치열하게
열심히 살아가고 있어.
지금은 단지 과정에 있을 뿐이야.
그런 엄마가 그저
나잇값 못하는 걸로 보였다면

그 사람의 시야가
딱 거기까지라는 거겠지.
너무 속상해 하지 마.

그래… 맞는 말이야.
내가 얼마나 열심히 사는데!

왜 사람을 보고 저렇게 되지
말아야겠다고 함부로 말해.
끙끙
그 사람의 뭘 안다고…
너무 신경 쓰지 마.
그런 말에 속상해 하기에는
엄마 시간이 너무 아깝다.
그러네.

고마워.
너무 마음 쓰지
말아야겠다.
나는 충분히 잘하고 있으니까!
하지만…
속상한 건
어쩔 수 없어…
하지만 어떡해.
가서 따지는 게 더 이상하지.
그건 그래.
그렇게 간신히 잠에 들었는데

타다 다다다
!!!
타
다
다다
다
새벽 4시부터 30분 간격으로
울리는 휴대폰 알람…
벌떡!
타다다다다다
타다다다다다
끊이질 않는 통화 소리…
정체불명의 노랫소리…

친구가 놀러 온 건지

자꾸 들려오는 말소리…

더 이상 참을 수 없어!

엄마는 행동하기로 했다.

마음을 단단히 먹고
밖으로 나갔는데
운명처럼 딱 마주쳤다!
!
아줌마라고 해서
무시하지는 않겠지?
그래, 어차피 나는
곧 나가니까!
저, 저기 학생!

고시원 살기 힘들죠~?
아…? 네네.
방음이 하나도 안 되더라고요.
노랫소리도, 말소리도 다 들리고…
통화 소리도 내용까지 전부 다 들리던데…
아…

아…
조금만 조심해주세요.
아, 네…
정말 죄송합니다.
탁!
알아들었을까?
내가 다 들었다는 걸
알아챘을까?
그건 모르지…
하지만,

난 저렇게
되지 말아야지.

난 저렇게
되지 말아야지.

그래도 시끄럽다고
말하고 나니 좀 후련하네.

엄마는 2주간의 실습을 끝내고 집으로 돌아왔다.
생활 어땠어?

솔직히 여러 가지
고생도 많았지만…
실습이 끝나서
후련하기만 해!
끝!

엄마가 보건소 실습으로
마을회관에 방문하게 되었는데

그곳에서 어르신들 당 체크와 혈압 검사,
우울증 검사 등을 진행했다.

그리고 갑자기 시작된 댄스 타임…

어르신들이 단체로
댄스를 시작했다.
학생들도 출래?
깔깔깔 좋다!
앞에 나와서 춰!
주춤 주춤
와…

와우!
(방송댄스 경력 4년)
엄마는 물 만난 물고기처럼
나가서 신나게 춤을 췄고
아이고,
저 학생 잘 추네!
한두 번 춘
솜씨가 아냐!

8090 어르신 앞에서
재롱떠는 50대가 되어
이거 받을래?
5000
용돈을 받으….

저 이런 거
받으면 안 돼요!
에잉
…안 받으셨다고 한다.
끝!

엄마가 실습을 위해
산부인과 분만실에 갔다.

아이를 셋이나 낳았지만

출산 장면을 직접 본 건
처음이라
…
…!!!
무척 놀라셨다고 한다.

(제왕절개술)
어? 살을 자르고, 자르고,
또 자르네?
썩둑 썩둑
충격…
그러곤 사정없이 꺼내네?
쌔둑!

내가 저 짓을 세 번씩이나?

정말 저 짓을 세 번씩이나 했다고?

정말 엄청나구나!
안다면 못 할 일이야…!
꽈악
그럼에도 하는
사람들이 있기에
이 일은 그 무엇보다
대단한 도전인 거겠지.
산모님~
수고 많으셨어요!
네에…

남편분 들어오세요~
네, 네!
탯줄 끊어주세요!
썩둑!
따님입니다!
…!
왜 내가 눈물이
나오려고 하지.
새 생명의 탄생을
봐서 그런가…
글썽

나도 저렇게 낳았는데…
벌써 수십 년도 더 됐지만.
추억...

그런데 두 번 다시는 못한다.
이 장면을 본 이상
나는 못 낳아.
정색!

그리고 그런 소감을 보고서에
솔직하게 담았을 뿐인데,

교수님께 갑자기 연락이 왔다.
학생, 보고서 잘 봤어요~
?!?!

보고서 잘 봤어요.
그런데…
쿠구-
쓴 내용이 다른 학생들과 좀 다르더라고요?

저는 굉장히…
공감이 갔어요.
!!!
이게 다 우리가 분만실에서
아이를 나아본 사람들이라
실감할 수 있었던 거죠?
...
몰라서 낳았고,
알면 못 낳았다는 부분이
특히 와닿았네요. ㅎㅎ

보고서 아주 잘 쓰셨어요!
이대로만 하시면 됩니다.
감사합니다!
휴…
끝!

만학도 동기의 고민

하루하루 보람차게
학교생활을 하고 있던 와중에

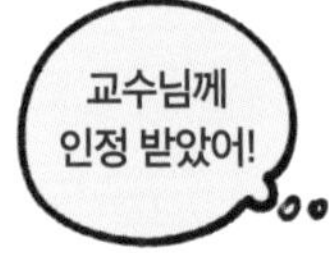

같은 만학도 동기가 불쑥 말했다.

무슨 일 있어?
그냥 떠오른 생각인데,

나 그냥 자퇴할까?
???

갑자기 왜?
그냥~ 수업 진도도
못 따라가겠고,
이 길이 내 길도
아닌 것 같아서…
차라리 휴학은 어때?
휴학한다고 해서
뭐가 달라지려나?
다 그대로일 텐데…

다시 돌아올 수 있다는 점에서
많은 것이 달라질 수 있지!

자기는 아직
삼십대 중반밖에 안 됐잖아.
20년을 쉬다 온데도
지금의 나보다 어려.

늘 노력한 만큼,
힘든 마음 이해해.
그러니 푹 쉬다가,
천천히 다시 돌아오자.

그때쯤이면 마음도, 생각도
다 달라져 있을 거야.
곧 4학년인데
여기서 그만두기엔
너무 아깝잖아?

그런가…
…그래, 맞아.
내가 언니에게서 이런
이야기를 듣고 싶었나 봐…
그렇게 동기는 휴학을 했고
엄마는 밥친구
한 명을 잃었지만,

왜인지 무척이나 다행스런
기분이 들었다고 하셨다.
끝!

오랜만에 듣는 얘기에

엄마는 정신이 또렷해졌다.

예전이라면 그 말에 수긍하고 상처 받았겠지만

그렇다고 그 역할을 위해 집에만 있어야 한다고 생각하진 않아요.
엄마라는 자리만큼이나 자신의 꿈도 중요한걸요.
그리고
항상 희생만 하면 재미없잖아요.
그러자 상대가 말했다.
고마워요.
저도 애 엄마거든요.
그런 말을 듣고 싶었어요….

아하, 시비를 건 게
아니었구나.
아이를 다 키우고 나면
저는 중년이 되어 있을 텐데,
그때 도전해도 늦지 않을까요?
당연하죠!
처음에는 저를 두고
모두들 걱정했지만,
저의 4년은 벌써 흘러
이제는 졸업을 앞둔
예비 간호사가 되었어요.

그러니 당신도 할 수 있을 거예요.
지금 당장 도전해도 멋지지만,
나이가 들어 도전해도 분명 멋질 테니까!
중요한 건, 끝까지 해내고자 하는 의지!
!
우리 함께 해내자고요!
끝!

만학도의 저력

물론 모든 일이 항상
평탄하지만은 않았다.
쾅!
조별… 과제…!!!
부들부들

보통 우리는 이렇게 생각한다.

하지만 엄마는 달랐다.

컴퓨터도, 타자도 느린 자신이
피피티나 자료 수집을 맡았다가는

실망만 시킬 것 같아
두렵기도 했고

발표를 담당하기에는 또
그걸 하고 싶어 하는

학생의 기회를 빼앗게
될까 봐 겁난다고 했다.

교수님은 그렇게 두지 않았다.

이봐, 둘째 딸.
내용은 다 써놨으니, 디자인만 도와줘.
아, 귀찮아요~
5만 원!
협상 체결!!!
턱!

그렇게 최선을 다해 피피티를 만들어 갔더니,

쿠오오오

오오

4명 중 2명의 조원이
도망가 버렸다.

휘이잉

휭—

언니… 언니 정도면
완전 천사예요!

도망 안 가서
고마워요….

부둥부둥

맙소사….

그래, 이 기회에
만학도의 저력을 보여주겠어!

그렇게 발표에 과제 제출까지
다 해내는 저력을 보여줬다.
짠~

어때?
나 잘했어?
우다다다

파아앗
나 잘했구나!
이렇게나마 만학도에 대한 인식이
조금이라도 나아지면 좋겠다.
정말 그랬으면 좋겠다.
만세!

간호학과가 협동하는 일이 많아서인지,

조별 과제는 끊임이 없었고

그때마다 눈치를 슬쩍슬쩍 봤지만,
곧 졸업반에 올라가는 시기가 되자

만학도에 대한 인식이 많이 나아져서

오히려 만학도 학생과 같이
조별 과제를 하겠다는 학생도 생겼다.

어느 날, 엄마는 3년 전쯤 쓴
다이어리를 펼쳐봤는데

매우 부정적인 이야기로 가득했다.

그래.
지금이 바로 적기니까.
저질러!
끝!

엄마는 이제 간호학과 4학년이다.

곧 졸업을 앞둔, 극 여초과에서

4년이란 시간을 살아남은 사람!

처음에 엄마는 내심 걱정스러웠다고 한다.
여초과는 남자가 없어서 재미가 없다는데~
…
여자애들이 모이면 깐깐하고 예민하게 군다던데
뒷말 나오는 거 아냐?
여자애들 뒷말 많이 하잖아?
거 말이 심하네!

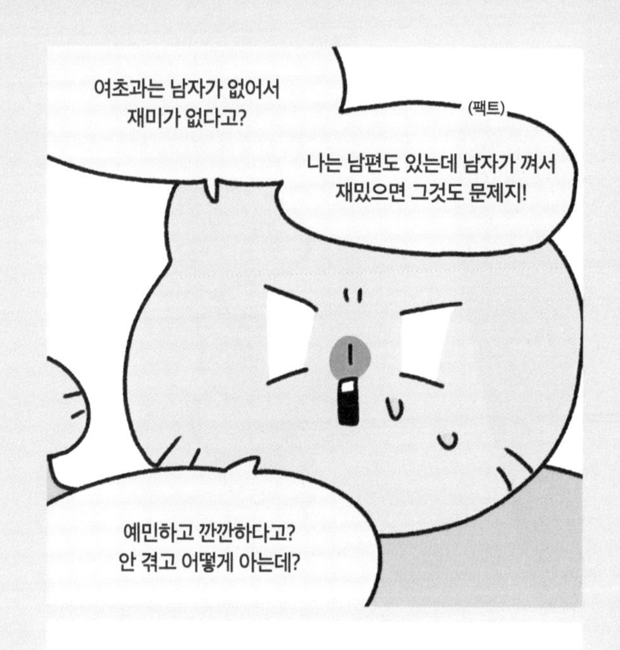

말은 이렇게 했지만, 사실 걱정이 되긴 했다.

그러나 막상 대학교 생활을 하면서
엄마는 놀라운 사실을 깨달았다.
어리고 젊은 여자애들이
참….
참 주도적이고
멋있구나…!

엄마는 나에게 털어놓았다.

남자가 없다며
심심해 하지도 않고

딱히 예민하지도,
깐깐하지도 않아.

물론 학점을 위해 박 터지게
싸우긴 하지만,

그 정도는 각자 커리어를
위한 선의의 경쟁이잖아?

열심히 하는 모습이
보기 좋아.

열심히 교양을 쌓고
만점이다!
!!
지독하게
선의의 경쟁을 하는 곳.
안전하다는 느낌을 받으면서도
다음엔
나도 꼭…!
다들 열심히 하는 모습에
동기 부여가 되는 곳!

이곳이 내가 오해했던 여초구나.
나는 그렇게 느꼈어.
물론 또라이 질량 보존의 법칙에 따라
어딜 가나 이상한 사람이 있긴 하지만

이곳은 저열하게
남을 씹는 곳도 아니고
감정적인 사람이
많은 곳도 아니야.
그냥 치열하게
공부하는 여자,
아니,
학생들이 있는 곳이야.

끝!

엄마의 신조,

운전 경력 30년의 엄마는

자취를 하면서도 항상 자차로 등교를 했는데,

대중교통을 이용하는 동기들에게는
그런 모습이 정말 멋져 보였나 봄.

그러던 어느 날,

수업을 마치고 하교하려고 하던 중이었는데

집에 급한 일이 생겨서
빨리 본가에 들어가 봐야 할 것 같아요!
본가? 어딘데?
차로 두 시간 넘는 거리인데…
뭐? 곧 밤이잖아!
너무 멀어!

어쩌지, 오늘 버스표가
다 매진이에요.
내일이
주말이라 그런가…
차비는 어떻게든
할 수 있는데 표가ㅜㅜ
…!!!
본가가 그 동네라면,
같은 방향이긴 한데….
그래!
부르릉
꾹
부우웅
두둥!
자, 얼른 타!
!!!

정말 태워주시는 거예요?
그래,
마음 변하기 전에
얼른 타~ (농담)
지난번 조별 과제 때
나 많이 도와줬잖아….
그 은혜
갚는 거지 뭐!
1
감동!

그렇게 엄마는 원래의 목적지(집)를
지나 더 먼 거리를 달렸고
부우우
우우웅
정말 감사해요…
아냐. 급한 일이라며.
그럼 집에 다녀와야지.

엄마 덕분에 동기는 늦지 않게
본가에 도착해 일을 처리할 수 있었다.
부우우우우우우웅—
도착!

정말
감사합니다!
응, 얼른 들어가~
밤늦게 심야 운전을
하긴 했지만,
이럴 때 도움 주려고
운전 배운 거 아니겠어?
보람차다!

며칠 후, 엄마는
보답 선물을 받았다고 한다.

어딘가 훈훈한 이야기였다.
나도 운전을
빨리 배워야 하나.
끝!

엄마의 마지막 실습이 끝났다.

그렇다. 1000시간이라는 실습 기간이
드디어 지나간 것이다.

난 자유야!
물론 아직 시험과
학교생활과 조별 과제와
국가고시가 남았지만 그래도 난
자유야!
많이 기뻐하셨다.

마지막 실습에서
꽤 고생을 하셨다기에
아냐, 그래도
재밌었어~
정말로요?
아니….

실습이 끝난 걸 기념하여 작은 파티를 열었다.

실습 끝을 축하합니다~

수고 많았어!

!

너… 너어…!

고작 실습 끝났다고
이렇게 파티를 해주는데

졸업하면 도대체
뭘 해주려고 이래?

앗, 실수했다.
졸업해도
뭐 없을 것입니다.
휴먼.
기대할게^^
아니!

막 입학해서
나 혼자 만학도면
어떡하지?
하셨을 때가
바로 엊그제 같은데

이제 마지막 실습도 꿋꿋하게 마치고

졸업까지 겨우 6개월 남았다는 사실이
새삼스러웠다.

엄마는 살짝 기가 질린 듯했다.

그건 아닐 거야.
나도 1등으로 시험지 내고 나간 적 있는데,
걍 몰라서 다 찍은 거였어.
자랑이다. 새꺄!
그래도 기말고사 끝났으니,
이젠 재밌게 놀 수 있겠네!
호호….

합격선인 60점 이하의 점수가 나와서

엄마의 신경에 비상이 걸렸다.

나 안 나간다.
폐관 수련에 들어갈 거야.
(자취방)
아, 영화 같이 보려고 했는데
취소해야 하잖아요!
결국 영화 취소함.
국가고시 떨어지면 이 짓거리를
1년을 더 해야 한다고!
절대 그럴 수 없어!
기말고사가 끝나든 말든
엄마는 열심히 공부를 했고
...
솨
르륵!

엄마와 같이 시간을 보내려고 했던 나는
결국 혼자 놀게 되었지만,

그래도 꿋꿋이 최선을 다하는 엄마를
응원해주고 싶었다.

마지막까지 파이팅!!!

끝!

아침부터 두렵다고 덜덜 떨던 엄마는

홀가분한 마음으로 나올 거라는 예상과 달리,
무거운 걸음걸이로 시험장을 나왔다.

가채점을 해봐야
할 것 같아.
떨어지면
어떡하지?
이랬던 엄마가
가채점 후,
평균 79.6점이 나온 걸
확인하자마자 돌변했다.
(평균 60점 이상이 합격선)
오~~ 예~~
(불안)
삐
딱

쉬워.
개쉬워~
저런 말은 어디서 배워온 거야.

…
…후.
(눈물 꾹)

어쨌든 시험 끝난 거 축하드립니다!

끝!

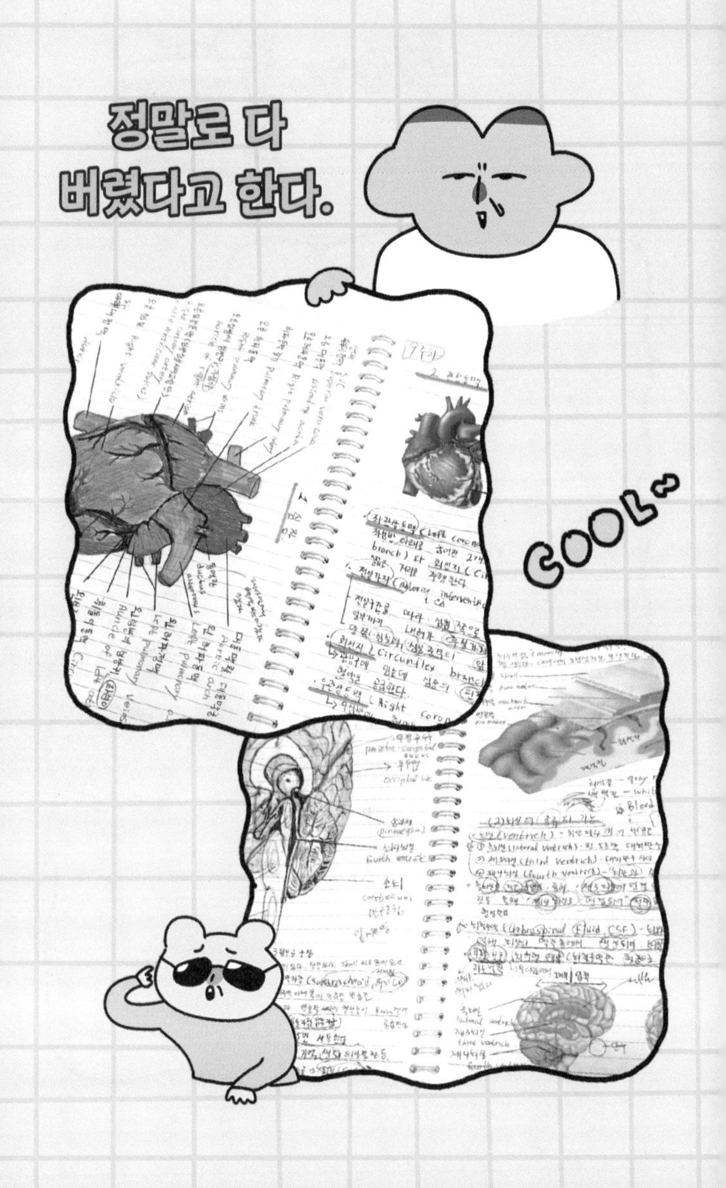
정말로 다
버렸다고 한다.
COOL~

HOT!

안 아까워?
히히

졸업하면
뭐 하고 싶어

엄마는 대학 졸업반이다.
엄마, 졸업하고 뭐 하고 싶어?
?
그야 당연히…

취직을 해야지….
오…
그리고 전국을 돌아다니며
1년씩 살아보고 싶어!
슝!
겁나서 못했던
거친 운동도 할래.
세계 곳곳의 맛있는
음식도 먹어보고 싶고
냠
열
공!
또 다른
자격증을 따는 것도
나쁘지 않겠지.

엄마는 벌써 새로운 도전을 준비하고 있었다.
체력 좀
나눠 받고 싶다.
왜 안 쉬고 또다시
뭘 하려고 그래?
도전으로 인해
달라진 나를 보았으니까!

새로운 도전은 경험이 되고,
그 경험들이 쌓여 가치관이 되는 거니까
나는 아주 다채로운 가치관을 가진
멋진 사람이 될 수 있을 거야!

세상은
홀로 살아가는 게
아니기에,
나는 그만큼
좋은 영향을
주변에 나눌 수 있겠지.

그거만큼 멋진 일이
또 어디 있겠니?
공감
끝!

어느 날, 엄마에게 반가운 연락이 왔다.

상대는 바로 간호조무사로
일했던 병원의 원무과장님!
정말 오랜만이에요!
잘 지내셨어요?
나야 잘 지냈지~

그나저나…
내 제안 생각해봤어?
나는 자기가 우리 병원에
다시 와줬으면 좋겠어~

월급은 당연히 훨씬 높게 올려줄게!
응?
앙큼!
흐으음….
자기한테도 집이랑 가까운
우리 병원이 다니기 편하지 않을까?
내가 편의
많이 봐줄게~
애절
흐으으으음…
능청

생각해볼게요!
새침~
아!

그렇다, 엄마는 병원을
골라 갈 수 있는 처지였다!
A병원에 갈까,
B병원에 갈까?
아무데나 가
아니면 요양병원에 가?

더 큰 건 A병원,
더 가까운 건 B병원…
중얼중얼
그렇게 일생의 고민을 하고 계셨는데,
냠
콜록!
어느 날 엄마가
급체를 하더니,
?!
얼굴에 황달이 올라오고
구토를 하기 시작했다.
나 왜 이러지?

결국 원무과장님에게
취업 제의를 받았던
가까운
B병원으로 향했는데
담낭 결석이
담관을 막았습니다.
빼내야 해요.
네???
다출산을 한 여성분에게
쉽게 일어나는 편이에요.
큰일 날 뻔했어요.
….

다행히 상태는 호전되었다.

다행히 병원엔 친절한 사람으로 가득!
괜찮아요?
불쑥!
알고 보니 간호조무사 시절 친했던 분들이
여전히 그곳에서 일하고 계셨다.
상태는 괜찮아?
!
딸기가 선물로 들어왔는데
한번 먹어봐….
다른 환자 보기 전에
얼른 먹어!
!!
~살뜰~
나 죽 말고
딴 거는 못 먹는데.
보호자 보고
먹으라고 해!

아픈 데 있으면
바로 말해!
아니면 특실로
올려줄까?
아냐, 아냐….
마음만 받을게.

뭐지…
이 아낌없이 챙김 받는 느낌은….
체계적인 시스템,
따뜻한 사람들

엄마는 마음을 정했다.
…
가깝고, 나에게 친절한 사람이 많은 곳이 좋아.
물론 다 친한 건 아니지만….
안 마주치면 그만 아니겠어?
끙 차

그래서 엄마는 원무과장님에게
마음의 결정을 알렸고

자기 손도 야무지고
환자 대응도 잘해서
4년 전부터
눈여겨보고 있었는데
…
이제 안심이야!
과장님은 뛸 듯이 기뻐했다.
와줘서 고마워!
기뻐하는 사람을 보며
엄마도 웃으셨다.
ㅎㅎㅎ

그 후 엄마는 퇴원해서

순조롭게 회복하셨다.

당당하게 '간호사'라고 말해야지.
...
내 오랜 꿈이 이루어졌어.
행복해.
정말 기뻐.
끝!

사실 다른 과로 가길 원했는데

그곳엔 자리가 없어서 2지망인
정신병동으로 배정되셨다.

정신병동이라는 말에
나는 놀랐지만
괜찮아?
엄마는 평화로웠다.
그럼, 할 만해!

그런데 출근 첫날 직후,
엄마가 또 공부를 시작했다.
끙
아니, 졸업했는데,
또 공부를 해?

아니, 병원 일…
외워야 할 게 많아.
환자들 이름도
외워야 하고.
아하.

원래 환자들 침상마다
이름이 붙어 있는데,
환자들이 뒤죽박죽
바꿔놨지 뭐야.
그래서 이름을
다 외워야 해.

별일이네….
그렇지?
* 모두 가명입니다.
이정숙 씨, 김미향 씨, 최연옥 씨…*
정신병동이라고 해서
겁먹을 거 없어.
시설도 엄청 깔끔하고,
아늑하고, 귀여운 사람들도 많아.

다들 순수해서 그래.
순수해서 정신이 아픈 거야.
물론 아닌 경우도 있지만….
내 말 뜻 알지?
어떤 환자는 지나가는 사람만
보면 욕을 하시는데
에라이 XXX야!
XXX!!!
어느 날 일이 나고 말았지.
쓰윽
!!
너 뭐라고 했냐?

결국 다른 환자에게 딱 걸려서
뭐? 너 나한테 뭐라고 그랬냐.
XXX라고 했다. 이XXX야!

싸움에 휘말리게 되었다.
이게 확 큰일 나려고!
오늘 아주 끝장을 보자!!
덤벼봐!!!

베테랑 간호사님이
그때 나타났다.
어어?!
박선정 환자!
이연우 환자!
안 떨어져요?
더 하면 둘 다…!
격리야!!!
흠칫

환자들이 제일 싫어하는
단어가 (안정실) 격리였다.
슬슬…
싸움은 일단락되었다.
그러나 며칠 뒤, 그분은
또 욕을 시작했고
…!!!
이번엔 엄마가
타깃이었다.
…???

야, 이 XXX야!!!
왜 간호사인 나한테 욕하지?
(빽침) (울컥)
내가 신규라 만만하게 보는 건가?

네가 내 간식 뺏어 먹었지?
네? 무슨 말씀이세요. 훔쳐 먹다니….

**환자와 싸울 수는 없으니,
베테랑 간호사님을 따라 하기로 했다.**

격리예요!
격리 당하고 싶어요?
얌전해짐.
휴, 다행이다.
정신병동은 주기적으로
가족들이 면회를 와서
생필품을
챙겨줄 수 있는데
어느 날, 그분을 살펴보니

혼자 계셨다.
난 왜 가족들이 안 오지….
안 왔어요?
응, 안 와.
항상 그래.
온 적이 없다고.

내 잘못이겠지….
...
나는 보고 싶은데, 아들은
내가 보기 싫은가 봐.

이렇게 막돼먹은 엄마니까 당연하겠지.
그런 생각이 들면서도,
조금은 아쉬워.
다른 사람들이 부럽고.

그렇게 엄마가 정신병동에서
일하며 느낀 것은

정신병동 안에 있는 사람들에겐
모두 각자의 사연이 있다는 점이다.

그리고 정말 다양한 종류의
인간군상이 있다는 것도.

마지막으로,

그 사람들이 의외로 맑고,
순수하다는 것.

병원 안에서 그들끼리
생활하는 법을 배우고 있었다.

너도 우울하거나
정신이
힘들어지면 말해.
?
정신병동에 넣어줄게!
보니까 관리도 잘되고
시설도 좋고 괜찮더라!
ㅎㅎ감사…

그렇게 엄마는 정신병동 생활에
조금씩 적응하고 있다.

정신병동 생활도 파이팅!

끝!

3교대가 아닌 2교대, 이브닝 밤 9시 퇴근.

간호사치고는 괜찮은 시간표라고
말씀을 하시지만

그래도 몸이 힘든 건
어쩔 수 없다.
엄마 왔다~
아이고 삭신아.
그래서 소소한 변화를 주기로 했다!
…
휴…
다음 날,
삐빅, 삑삑삑삑!
삐리릭!
쓰윽…
나 왔다….
우다다다다다다다다다

처억!
大
…??
오늘도 일하느라
수고 많았어!
안겨!!!

···!!!
당혹!
엄마는 당황하셨지만
우물쭈물
포옥 안기셨다.
응, 우리 딸~
그다음 날도
그래~
ㅎㅎ

그그다음 날도,
너무 힘들었어~
와락!
이제 엄마는 퇴근하면서
기대하는 눈빛으로 들어오신다.
나 왔어!
벌컥!

진작 해줄걸 그랬어!
어서 와~
악!
끝!

엄마가 일하는 병원에 한 간호조무사님이 오셨다.

그게 다름이 아니라,
저도 간호대에 가고 싶거든요.
그런데 이렇게 나이가 비슷한 경험자가
주변에 있으니 안심이 되네요.
저는 정말 가고 싶은데,
다들 힘들다고 말리더라고요.
정말 많이 힘들까요?

네, 힘들어요.
많이 힘들 거예요.
그런데 결코
후회하지 않을 거예요.
그리고 벌써부터
그런 것들을 걱정할 필요는 없어요.
일단 원서를 넣고,
합격 통지서를 받고,
마저 생각해보세요.

그럼 포기하기
아까워질 거예요.
용기가 더 생기고
자신감도 생길 거예요.
그렇게 도전을 하고…
시간이 지나,
간호사가 될 거예요.

꿈에 그리던 간호사요!

....
감사해요.
끝!

에필로그

마음만은 이팔청춘이라, 대학교에 가자 나는 어린 학생들과 친구가 되었다. 현역의 재학생. 어리고 파릇파릇하고 싱그러운 20대 학생들. 그 사이에 끼어 나는 잠시나마 시간을 돌려 그 시절로 돌아간 것 같은 착각이 들었다. 봄, 여름, 가을, 겨울을 네 번씩 거치며 비로소 지식인이자 전문가가 되어갔고, 사회로 나갈 준비를 마쳤다. 그리고 모두의 축복 속에서 취업하여 현재 정신병동의 간호사로 근무하고 있다. 50대 후반의 나이에 신규 직원으로 말이다! 꿈. 오랜 꿈을 이루고 난 삶이란 정말 가치 있는 것이라, 나는 비로소 숨을 쉬는 기분이었다.

분명 행복한 일만 있던 건 아니었다. 책에도 쓰였듯 넘치는 과제, 인간관계, 컴퓨터 작업 등 무수한 일들이 나를 괴롭게 했다. 그러나 그럼에도 불구하고 나는 해냈고, 내 꿈을 이뤘다. 그리고 그 꿈을 이

룬 증거인 간호사 면허증과 함께 이 책을 출간한다.

나의 이야기를 만화로 옮겨준 내 둘째 딸과, 응원해준 가족, 친구들. 그리고 지쳐도 부러지지 않았던 나 자신에게 무한한 감사를 올린다. 그리고 내 나이를 알고도 나를 부추겨준 첫째 딸과, 인스타툰 연재 내내 '대학생 엄마'를 응원해준 무수한 독자님들에게 감사를 드린다. 많은 사람들이 나이가 늦었다며 겁먹지 않기를. 이 만화를 읽고 사실 늦지 않았음을 깨닫기를.

엄마

엄마가 대학에 입학했다

초판 1쇄 인쇄 2024년 8월 28일
초판 1쇄 발행 2024년 9월 4일

지은이 작가1
펴낸이 최순영

출판1본부장 한수미
컬처 팀장 박혜미
편집 박혜미
디자인 이지선

펴낸곳 ㈜위즈덤하우스 출판등록 2000년 5월 23일 제13-1071호
주소 서울특별시 마포구 양화로 19 합정오피스빌딩 17층
전화 02) 2179-5600 홈페이지 www.wisdomhouse.co.kr